启真馆 出品

守书人
PHILOBIBLON

魔仆与泥人

——什么不是科学

潘涛 著

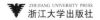
ZHEJIANG UNIVERSITY PRESS
浙江大学出版社

序一
科学文化出版人与中国的科学文化

刘华杰（2019-06-09，云南勐海县布朗山）：今年是英国物理学家和小说家斯诺（Charles Percy Snow, 1905—1980）1959年关于"两种文化"的著名演讲60周年。据我所知，你和陈恒六最早翻译了斯诺的相关作品，而潘涛的这本书涉及的核心主题之一也是两种文化，虽然侧重于科学一侧。潘涛是我们的老朋友，针对这部信息量巨大的有趣作品，我们有许多可说的，从哪开始呢？

刘兵（2019-06-11，北京清华园荷清苑）：虽然我们是在以对谈的方式来写序，但毕竟对谈还是一种比较放松的方式，我们可以想到哪儿就说到哪儿吧。我看你拟的标题，是要讲科学文化出版人与中国的科学文化，而此书的作者潘涛又正是一位多年来在出版界为中国的科学文化出版做出了重要贡献的出版人，那就由此谈起吧。不过，讲到出版人，潘涛却还是有些特殊性的。从出身来说，他是北大科技哲学专业的博士，只不过博士毕业后，他没有选择在像高校这样的机构从事教学研究的工作，却选择了出版行业。不过也正是他特殊的出身和这一选择，才使得他在出版界成为一位有特色且对中国的科学文化做出了突出贡献的出版人。

　　刘华杰（2019-06-11，云南勐海县勐宋）：科技哲学、科技史或自然辩证法专业硕士或博士毕业后从事科技出版，在国内案例并不少，如中国科技大学博士胡升华、吉林大学硕士范春萍、上海交通大学博士韩建民，但北京大学博士潘涛在其中仍然非常特别。潘涛不是接近毕业时才对科学文化感兴趣，而是更早。另外他的理工科（具体讲是生物力学）背景也显特别，他同时对生命现象、非线性、复杂性有钻研。他独立翻译过《上帝掷骰子吗——混沌之数学》《自然之数——数学想象的虚幻实境》等，牵头翻译《从摆钟到混沌——生命的节律》，还与我合作翻译了《湍鉴：浑沌理论与整体性科学导引》。考虑到这些，他在科学类图书编辑中也是个性突出的。

　　刘兵（2019-06-12，北京清华园荷清苑）：我同意你的说法。比起别的参与科学文化出版的编辑，我们会更频繁地在各种学术会议上看到潘涛，而且不仅仅是像有些出版人一样只是来听会、寻找选题和作者，他亦经常作为会议的报告者讲述其学术研究，比如"竺可桢与李约瑟"。你提到的那些翻译的著作，也是与其研究密切相关的。因而，他可以说是兼具出版人和学者双重身份。作为出版人，如果我们列举潘涛参与的出版物，可以举出像"哲人石丛书"、"八面风文丛"、牛津的7卷本《技术史》等多种在国内科学文化界很有影响力的作品。组织、策划、编辑这些作品的出版，则是其出版人形象的代表性特征了。

刘华杰（2019-06-16，北京大学人文学苑）：抱歉，这几天在勐海山上没有信号。今天刚从云南返回，航班延误，下半夜 1 点才到家，早晨 7 点前又急着赶到学校。潘涛是国内少有的集研究、策划、编辑、评论于一身的稀缺性人才。身为编辑，经常阅读 *Science*、*Nature*、*New Scientist* 等杂志，同时又阅读科学哲学、科学史、科学社会学、科学知识社会学文献的人，据我所知非常少，而潘涛就是其中之一。这使得他的科学文化视野非常广阔，本书中的许多文章就反映了这一点。与此同时，我又特别想强调他的案头功夫相当厉害。有的编辑策划能力较强，案头文字功夫弱些。而潘涛对书稿的加工极为精细，对于有疑义的地方他能主动查找资料加以核实，从而能够帮助作者排除许多错误，这样的好编辑真是越来越难遇到了。你我都可能有这样的经历：有的编辑不但不能改进原稿的质量，还添乱，把对的改错了，而且有时悄悄地改，作者想改回去都很麻烦。

刘兵（2019-06-23，北京清华园荷清苑）：我今天就正好和潘涛一起参加了一个会议，是他原来在上海科技教育出版社负责组织编辑出版的牛津《技术史》又要换另一家出版社再出新版。从这件事也可以看出，他 10 多年前的工作的价值及其延续。其实，虽然作为出版人的主要工作是策划、编辑，但我们也会看到一些出版人出版自己的著作或文集。不过在现在这本文集中，我们看到的却是学理性很强的文章，如果不专门介绍背景，人们几乎会认为这就是高校中的学者所写。在具备了这样的学术水准之后，再从事出版，显然其对所出版的著作在学术上的理解和把握会有很大不同，选题眼光会更敏锐和准确，与学者们的沟通也会更加顺畅。可惜像这样的出版人现在也是越来越少了。

刘华杰（2019-06-23，北京西三旗）：翻译出版《技术史》确实是件浩大工程，社长翁经义先生与潘涛、卞毓麟等合作得非常好。在此，我也想对翁先生表示个人的感谢，先生对我也非常照顾。我印象中，除了《技术史》，潘涛作为重要策划人成功组织出版的丛书还有"哲人石丛书"、《竺可桢全集》、"普林斯顿科学文库"、"八面风文丛"、"辞海译丛"等，其中"哲人石丛书"体量巨大，是科学文化出版中的精品。在国内能与此丛书相提并论的同类科学文化丛书似乎只有"绿色经典""第一推动""大美译丛"，而就体量、翻译和编校质量而论，"哲人石丛书"又高出一筹。你我在"八面风文丛"中都有一本个人文集，我的那本叫《一点二阶立场——扫描科学》，是丛书的第一本，胡亚东先生作序，2001年出版。此书有四编，其中一编的标题就是"博物情怀"，此编中一篇短文的标题是"从博物学的观点看"。回想一下，在新世纪初就吆喝博物学，到现在快20个年头了。感谢潘涛及上海科技教育出版社出版我的文集。实际上，作为老朋友，潘涛对我帮助非常多，在学术和为人处事上，潘涛比我更稳重、成熟，这给我留下了深刻印象，我从中也学习到许多。我的一名硕士生研究英国博物学家汤姆生（John Arthur Thomson），我让她专门请教潘涛，潘涛也提供了有益的指导。潘涛在读博士期间就关注汤姆生及其《科学大纲》。

刘兵（2019-06-24，北京清华园荷清苑）：正像你说的，在潘涛负责的"八面风文丛"中也有我的一本集子，即《像风一样——科学史与科学文化论》。在我出版的各种文集中，这也是我比较中意的一种。对此我也是很感激他的。不过，现在我们应该转向谈谈潘涛自己的这本文集了。在潘涛的这本文集中，很多文章都是与书相关，而其中的主题，应该是"两种文化"问题。他似乎对于超越于两种文化分裂之上的"第三种文化"颇为期待。但是，这个第三种文化究竟是什么？因为在有关科学文化和人文文化的争论中，包括争论的发起者斯诺在对两种文化分裂问题的提出和后续的讨论中，其实是更偏向于科学一边的。而后，在其他人的讨论中，甚至在今天这一争论的延续中，这种对科学文化一方更为侧重的倾向也依然存在。这样一来，两种文化各自的价值就变得不那么对等了。对此，不知道你会怎么看？

刘华杰（2019-06-24，北京五道口）："两种文化"只是一种简化的说法，其实远不止两种。现在，在两种文化或多元文化中，各方处于不对称的角色，其中科学文化一枝独大，取得了压倒性的优势，科学标准近乎成了田松所说的"瞑尺"，用它可以测度其他文化、行为的合理性，而别的东西却无法就此标准进行有效质疑。前几天陈鼓应先生送我一本他编的文集《春蚕吐丝：殷海光最后的话语》，其中有一段："许多讲中国文化的人，极力在中国文化中附会些科学。这实际是把科学的分量估计得过重，以为中国文化中没有科学便没有价值。其实中国文化即使没有科学，也并不损于它的价值。不过，对中国目前的情形来说，用严格的方法来界定知识，检验知识，当然是重要的。"（中华书局，2019 年，第 21 页）殷海光先生 20 世纪 60 年代末提到的情形，在今日科学文化、科学史、国学讨论中依然反复出现。

说到底，科学是一种认知手段，模型化是其基本方法，而建立模型不可避免地大大化简真实世界、生活世界的场景；不会化简就不成为科学，也做不出简洁的科学成果来。科学的成果，部分反映了大自然、人类社会中的某些关系，但它们是基于局部简化得出的结果，通常对于局部情况有效。至于全局和长远，那从来不是科学真正在乎的，或者表面上在乎实际上因无法操作而未加考虑。除了科学，其他文化能够考虑更大的局部以及更远的将来吗？回答是肯定的，因为其他领域的量化要求相对较低，其他领域提供的建议更多地在于保持系统的稳定性而不像科学那样特别追求创新。于是，可以简略地讲，科学文化提供了天人系统不稳定性的一支，而非科学文化则提供了稳定性的一支。这不是绝对的，只是相对而言如此。就天人系统的长久生存而言，稳定性与不稳定性两者都是需要的，缺了谁也不行，特别是，不能只讲不稳定性。潘涛的这部文集多处涉及"两种文化"问题，他的处理应该说还是比较老练的。

刘兵（2019-06-25，北京清华园荷清苑）：你从稳定性和不稳定性的角度来讨论科学文化与非科学文化，既与你和潘涛共同关注的系统论和复杂性研究相关，又是很有创意的观点。但笼统地讲"非科学文化"，也许还需要更加细分一下。其中，人文文化也许是最具概括性的一支。除此之外，如果我们把科学文化一词中的"科学"理解为最狭义的近现代西方科学的话，那么，对于自然界的系统性认识的其他分支，又有不同的归类方式。一种是作为广义的科学，复数的科学，这也就是我们在小圈子里经常玩笑式地用"宽面条"来比喻的"科学"。也正是在这种意义上，人们可以谈及科学的多元性和科学文化的多元性。另一种分类方式，则是仍然对科学采取狭义的理解，而将其他的文化一并归入非科学文化。这两种分类各有优劣之处，只是人们在一般的讨论中，经常有所混淆，从而带来了更多的争论。你说，潘涛这部文集中在多处涉及"两种文化"问题的地方处理得比较"老练"，对此你能多做一点解释说明吗？

刘华杰（2019-06-26，北京西三旗）：我说的老练，指的是在清晰的二分法之间保持了适当的平衡。年轻人、初级涉猎者容易冲动、简单化，缺乏张力。对科学概念的宽、窄两种理解，在一定条件下，我都可以认同。但为了叙述方便，减少分歧，窄面条定义好操作。按此方案，许多好东西，就不必往人家的堆里挤了！比如文学、艺术很好很有趣，但不是科学。但如果采取宽面条的定义，就可能（只是可能）面对这样的辩护：文学、艺术也是某种科学，而且可能还是更好的科学。再比如，博物学是啥？有人喜欢往科学上靠，有人不喜欢，这些都可以理解，也各有利弊。

刘兵（2019-06-27，北京清华园荷清苑）：我们是以对谈的形式来为此书写一个序言，而在序言中，无论谈论得如何全面，也终不能替代读者的阅读和思考。但我们也不妨对之做一个总体性的评论和判断。正是在我们前述的背景之下，潘涛这本由各篇以书为依托话题的评论、论文及译后记汇集而成的文集，便因其作者兼具出版人和科学文化人的特殊身份而别具特色了，再加上你所说的他在文本处理上的"老练"，更使得这本文集在当下虽然不算热门但也还是已有了不少出版物的科学文化传播的领域中，成为相对特殊而且值得关注的一种。此书的出版，应该对国内科学文化传播有不可替代的价值。

序二
从学者型编辑到编辑型学者

伴随着好书越出越多，眼瞅着大潘也变成了老潘。刚认识大潘时，他才三十出头，一位锐气小哥，正顶着北大哲学博士的光环加盟上海科技教育出版社。不久，就读到他与卞毓麟先生一同策划推出的"哲人石丛书"，该套丛书自1998年首版至今依旧风光，持续了21年，如今品种早已破百，成为当代科学文化出版物中规模最大、品质最优的一套丛书。更重要的是，人们开始接纳"科学文化"读物的概念，并逐渐取代了"科普读物"或"高级科普"的阅读分类。这一改变知识分子阅读版图的"哲人石现象"，不仅引起出版同人的羡慕，也引起不少出版社的模仿追风，但选书品质与规模都难以与之比肩。感叹之余，竞逐者会自叹弗如，自责："谁让我们社没有一两位大潘这样的学者型编辑呢？"于是，大潘的头上被加上了一顶"学者型编辑"的桂冠，底蕴是既能策划一套套好书，也能写一手漂亮的文章，或者著译双丰的双栖学人。读文集中头几篇关于

"两种文化"的文章，就能印证货色不假，北大科学哲学专业训练的根基不浅。那个时期，这个头衔很出彩。据说上海翻译协会开年会，一大半是上海译文出版社的编辑；上海古籍出版社、上海辞书出版社也汇聚了沪上古籍、辞书专家的大部分精英；上海文艺出版社、少年儿童出版社也是沪上作家与儿童文学的重镇。相形之下，建社不久的上海科技教育出版社能有卞毓麟、潘涛这样的学者型编辑撑台，实在是后来居上，既光大了上海出版业职业化修炼的优秀传统，又凸显了高新科技时代的思想先锋特征。正是他们操控着社会（人类）精神生活的走向与品质，直接参与社会精神生活的建构；同时也参与文化市场的建构，引领文化消费的潮流。

随着传播节奏与市场变迁的日益快捷，学者型编辑的工作模式似乎有些力所不逮，越来越跟不上行业的脚步。大家也在琢磨编辑职业的杂合性命题，包括智力生活的杂合性，人称杂家（广罗原野，博闻强记），常常需要专才通用，具备通家气象，才能应对半文半商（文化建设＋商业运营）的职业境遇。创新为王，他们参与创作、提升创作、物化创作、传播创作，未必自己要独力创作。此外，编辑必须是交际家，有充分的社会化历练，具备文化、人格、管理三大魅力，什么样的知识生产者都能结交，所谓亦圆亦方（外圆内方），他们的时间必须无私地奉献给作者（读稿、交流），分享给读者（评介新书），而不是留给自己去经营学术自留地。因此，他们依然是学者，但是是一类以批评、鉴赏见长的学者。他们的鼻子很灵（敏锐），眼睛很毒（犀利），对好作家有知觉，对好文章有直觉，文字耕耘多在书前书后、书里书外，他们可以被尊称为"编辑型学者"。如今的老潘就是这样的学者。当然，并不排除业余写作，因为离开了写作生活，批评生活也难以充分发育。但这样的写作更加注重风格，文字更加老到，更加耐读，更加能在阅读空间里呼风唤雨，这样才算是回归了编辑职业"选择—发现—纠错—组织—提升"的核心追求。

　　时光荏苒，早已经成为"编头"的老潘，深深感到自己有责任对我们时代的精神滑落做出自己应有的抵抗。诚然，我们时代的财富之饼越来越大，阅读之饼却越来越小；眼睛越来越累，图书亲和力却越来越差；酒店咖啡馆越来越多，书店却越来越少。4G、5G技术提供无限的便捷化、即时性服务，现代商业与服务业的价值链、信息流被整合，快速、廉价的经济运营格局迅速形成。网络幅度、速度的改变还将颠覆出版产业模式，带来信息行业的"去物质化""去中介化"。其实，阅读的迷失，本质上是文化价值的迷失。产业的斜坡（边缘化、粗鄙化、微利化）与职业的斜坡（职业化的迷惘和焦虑），本质上也是中华民族伟大复兴征程中的文化斜坡。世界上最伟大的思想在书本里，90%的人类知识和智慧还处在离线状态。即使在线的内容，也大多数是信息与感官娱乐的内容，系统的知识内容次之，需要深刻理解的内容少而又少，蕴含高度智慧的内容更是凤毛麟角。然而，无论人类思想的进化，还是个体学习的递进，都是从信息到知识，从知识到人类理解，从人类理解到智慧，像一座金字塔，它是一个精神与智力逐步升级的发展过程。我们每个人都在一步一步往上爬，汇总起来便构成历史和我们时代的精神高度。

　　平面阅读与平面出版的优势在于建设国家、民族文化的"承重墙"。因此，教育家朱永新曾断言："一个人的精神发育史就是他的阅读史，每个人的精神的高度和他阅读的高度紧密联系在一起。"一个人如此；同样，一个机构、一座城市、一个民族、一个国家也如此。其精神境界、创新力、软实力很大程度上取决于这个群体的阅读水平，要让爱书成为国人的一种气质、一种情怀，沐浴书香成为时尚，由此涵养一种优雅的人生和理想的人格。要明白，书香社会恰恰是现代化国家的底色。基于这样的共识与觉悟，如今的老潘，已经超然于笔底的文字喷涌。如果一定要给他一个简约的名号，那就是"编辑型学者"。

王一方

2019 年暑月

目　录

插图目录

存正祛魅

第三文化正在开拓中

一册《科技潮》杂志在手，首先映入眼帘的是其封面上的一行醒目标示：全国第一家大型科技文化月刊。由此可见办刊人的气魄和眼光——把科技作为一种文化来建设。

1959 年 5 月，英国科学家、作家 C. P. 斯诺（Charles Percy Snow，1905—1980）在剑桥大学发表著名的里德演讲 [①]，指出"文化分裂"（cultural divide）现象——人文文化与科学文化的对立——的潜在危害："这种对科学的不理解，比我们体会到的要普遍得多，它在传统文化中存在着，并且给整个'传统'文化增添了一种非科学的味道，这种非科学的味道经常转变为反科学的情绪。"4 年后，斯诺又发表《再谈两种文化》，重申"拥有两种不能（或没有）沟通的文化是危险的"，深信能够缓和交流困难、保持两极对话的"第三文化"正在来临。

近来，"科学大师佳作系列"（Science Masters Series）的总策

---

① 田松，科学文化：超越斯诺与回归斯诺——有感于《两种文化》新译本之出版，中华读书报，2003 年 4 月 9 日，第 21 版。

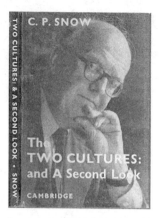

《再谈两种文化》英文版书影

划人约翰·布罗克曼[1]亮出了"第三文化"[2]的旗帜，一批堪称第三文化思想的科学大师群起响应，共同参与科技文化——一种新的自然哲学——的建设。

进化生物学家斯蒂芬·杰伊·古尔德认为，第三文化是一个强有力的思想。文学知识分子有一种默契，认为他们拥有智慧领土和评判源泉，实际上有一批大多出身于科学的非小说作家具有许多人们想读到的动人思想。

诺贝尔物理学奖得主、物理学家莫雷·盖尔曼认为，我们目前正在看到一个健康的趋势，许多严肃的科学家又开始把他们的工作

---

① 约翰·布罗克曼的书，还有如下中译本：《未来英雄》《未来50年》《宇宙》《生命》《思维》《文化》《世界因何美妙而优雅地运行》《那些让你更聪明的科学新概念》《哪些科学观点必须去死》《那些科学家们彻夜忧虑的问题》《如何思考会思考的机器》《人类思维如何与互联网共同进化》。

② 《第三种文化——洞察世界的新途径》，约翰·布罗克曼著，吕芳译，海南出版社，2003年；中信出版社，2012年。

《第三文化》英文版书影

直接和通过媒体介绍给公众。不幸的是，艺术和人文——甚至某些社会科学——领域中的人以对科技或对数学知之甚少而自豪。相反的现象非常罕见。你偶尔会发现一个科学家对莎士比亚一无所知，但你从来找不到一个科学家以此为自豪。

哲学家、认知科学家丹尼尔·C. 丹尼特认为，许多科学书近来的成功标志与许多新科学匠的跨学科性有关。教授们在为其他学科的同事写作。所以他们必须用平易的英语写作，并避免他们自己领域的行话。

公众理解科学教授理查德·道金斯说："我略有偏执地感到我所认为的知识媒体的文学人物的'劫持'现象，不光是'知识'这个词。有一天我注意到一位文学批评家写的一篇文章，题目叫《理论：它是什么？》。你相信吗，'理论'意指'文学批评中的理论'？这并非出现在一份文学批评刊物上，而是出现在像周日报纸之类的普通出版物上。'理论'这个字眼因某些极端狭隘的教区文学目的而被劫持——就好像爱因斯坦没有理论，达尔文没有理论。"

进化生物学家史蒂文·琼斯说："和斯诺时代一样，如今的问题是，是否存在一种每一个有教养的人都可以劈开的文化，回答如果是否定的，那就肯定应当有。如果你不是那种能用普通语言谈论科学话题和非科学话题的人，你就不是有文化的人。"物理学家保罗·戴维斯说："最近几年，科学家在我们称为大问题的一些事物上发挥了各种影响，这些影响反倒招致一种很丑陋的对立性反应。科学家开始为人所知，不仅抓住了公众的心，而且抓住了他们的灵魂——正像许多科学书所表明的那样——然而却招来文学那边地盘受损的尖叫声。"

心理学家尼古拉·汉弗莱认为，跟柏拉图、亚里士多德、恺撒打交道的那些英国知识分子对化学或生物学实验室里发生的事情不当回事，此种过去在我们文化中起支配作用的人突然惶恐不安起来。因为他们不懂科学，他们的遁词是那么无关紧要。但他们正在打一场败仗。

计算机科学家丹尼·希利斯认为，我们正在经历质的飞跃。人们不再清楚他们的将来，更遑论他们的孩子的将来。他们意识到事情变化得太快，你简直想不到你的孩子的生活会怎样。任何有头脑的人都想把握事情的动向，做到这一点的一个办法是读科学家写的书。第三文化面临的一个问题是科学家往往轻视那些向非科学家通俗介绍其思想的科学家。不尊重像古尔德或道金斯那样的"普及者"是荒唐的。

物理学家李·斯莫林指出，科学家在第三文化旗号下集合起来，其意义不仅限于向公众口说笔述。他们或多或少共享一些哲学理念。"如果我很乐观的话，我看到一种自然哲学传统在复活，但基于一幅新的自然图景——与 17 世纪自然哲学家拥有的自然图景不同的自然图景。"斯莫林认为，新自然图景具有以下主题：(1) 世界不是静止的或永恒的，而是随时间演变的；(2) 我们开始认识到不仅不必要仰赖智慧设计者思考，而且以为我们周围的复杂性和美是单个智者所规划的是愚蠢的；(3) 复杂性：世界是复杂的这一事实是基本的而非偶然的；(4) 在这样一个自组织的复杂世界里，事物的所有性质都是相互关联的。

"我们正在目睹火炬从传统文学知识分子之手向方兴未艾的第三文化知识分子手中传递。"布罗克曼如是宣告。我们祈愿中国在汹涌的科技大潮中涌现一批自己的第三文化建设者。

原载《科技潮》1997 年第 11 期，
第 56—57 页。

魔仆与泥人：第二种文化的两种意象及其破解

一、魔仆：召来挥去的科学之意象

1956年10月6日，英国物理学家、教育家、作家C. P. 斯诺发表文章《两种文化》，指出传统文化（主要是人文文化）与科学文化这两种文化之间的裂隙正在愈益加深，它们之间的沟通愈益减少。[1]没读过《战争与和平》的人不算是有教养的人，但不懂热力学第二定律的人同样不算——斯诺如是说。此时反响寥寥。

1959年5月，斯诺在剑桥大学发表里德演讲《两种文化和科学革命》，再次尖锐提出"文化分裂"现象及其危害：

> 这种对科学的不理解，比我们体会到的要普遍得多，它存在于传统文化之中，并且给整个"传统的"文化增添了非科学的味道，这种味道经常转变成为反科学的情绪，而且比我们所承认的要多得多。[2]

1963年斯诺觉得自己陷于"巫师的徒弟"的境地，不得不对汹涌而至的"文章、评论、信件、赞扬和谴责"做出答复。他在《再谈两种文化》里表示深信能够缓解两极分化的文化之间交流困难的"第三文化"必将来临。[3]

《两种文化和科学革命》
英文版书影

《对科学的傲慢与偏见》（《两种文化
和科学革命》首译本）书影

斯诺认为，作为"第二种文化"的科学文化不仅是智力意义上的文化，而且是人类学意义上的文化。我们需要有一种跨越两极文化鸿沟的共有文化，科学是其中不可少的组成部分。

虽然早在 1882 年阿诺德（Matthew Arnold）就"文学与科学"做过讲演，赫胥黎（Thomas Henry Huxley）亦就"科学与文化"发表过演说，但唯独斯诺的"大声疾呼"引发了西方绵延至今的文化论争，并成为探讨科学与文化、科学与社会等关系的经典文献。[4]

时隔 40 年，在两种文化之争发祥地的英国，第二种文化的境遇是否有所改善？拉萨姆（Clive Cavendish Rassam）的看法是："如今，难得有几个文学家或其他非科学家会因为对科学知之甚少而感到羞愧。事实上，许多人似乎反倒以他们的无知［不把科学当文化，却视科学为反文化（anti-culture）］而荒谬地自得。"[5] 英国生物学家、伦敦帝国学院历史学和公众理解科学教授杜兰特（John Durant）指出：

> 大多数人对何为（what）科学研究、如何（how）进行科学研究、何人（who）做科学研究、何处（where）做科学研究乃至为何（why）做科学研究几无所知。[6]

鉴于公众看不到隐身在技术背后的科学家，为了打破阻碍两种文化对话的两大壁垒（即科学的语言和科学的智力独立性与严密性），拉萨姆发出了"英国科学危机"的耸人听闻之言。他用具体事例显示科学在英国的文化中的地位之"奇特"：尽管今日的科学新闻报道远比以前为多，尽管史蒂芬·霍金的《时间简史》成为近年的畅销书，科学和科学家仍然处在社会的边缘。多项调查显示公众的基本科学素养"糟透了"，三个英国人里就有一个相信太阳绕地球转，决策者具有的科学知识和对科学的认识少得可怜，英国科学家不像德国和法国的科学家那样属于决策层的一部分。科学好比瓶子中的魔仆（genie）①，有用场时召来，不需要时送回。

因此，布莱克莫尔（Colin Blackmore）认为，解决科学之为文化这一基本地位必须双管齐下：一方面，科学家要走出象牙塔，借助传媒向公众准确地宣讲科学思想；另一方面，传媒要更多地报道科学和科学家。

---

① 即《一千零一夜》阿拉丁神灯里的精灵。

二、泥人：形如怪兽的科学之意象

如今的科学不仅要为自身应有的文化地位抗争，经常承受哲学家的"敲打"，还要为强加于它的扭曲的文化意象争辩，不时推辞社会学家的"抬举"。

科学的传统意象是一项"探求真理"的事业，基础科学或"纯"科学在社会建制上属于不关心实际用途的"学院科学"（academic science）。现代社会对学院科学施加的压力越来越大，学院科学正在经历一场文化革命，让位于"后学院"科学（"post-academic" science）。后学院科学不再那么承诺"公有知识"原则，可能不再受一个统一的、普适的科学世界图景的激励，据说其最突出特征为非自我意识的多元论，而学院科学的基本特征之一即客观性受到了严重威胁。英国著名科学社会学家齐曼（John Ziman）表示不接受此种必然性：向后学院科学的转变必然反映从"现代"哲学立场向"后现代"哲学立场的转变。[7]

社会学的爱丁堡流派（Edinburgh school）貌似不与科学唱反调，却把科学说成不过是一种对实在有不可靠理解的信仰系统，是一种文化建构（cultural construct）；它的"强纲领"（strong programme）要求不写"辉格史"，不偏不倚地"尊重真理和谬误、理性或非理性、成功或失败"。科林斯（H. Collins）等借用犹太神话中的有生命的"泥人"（golem）① 来给科学画像，科学文化无异于

---

① 源于犹太神话。"泥人"（勾勒姆）三部曲，哈里·科林斯、特雷弗·平奇著，皆有中译本：《人人应知的科学》，潘非、何永刚译，江苏人民出版社，2000 年；《人人应知的技术》，周亮、李玉琴译，江苏人民出版社，2000 年；《勾勒姆医生》，雷瑞鹏译，上海科技教育出版社，2009 年。前两本列入"剑桥文丛"，第三本列入"世纪人文系列丛书·科学人文"。

科学神话。戈特弗里德（Kurt Gottfried）等指出以上意象的制造者基本上忽视了对实在有客观理解的自然科学的最强有力证据——预见力。如牛顿的《原理》问世 200 年后，庞加莱发现牛顿运动方程不仅描述钟表宇宙，而且刻画混沌制度；一个世纪后，混沌运动在太阳系中已得到确认，并且符合牛顿原来的运动方程。如果说真实的数学家不会宣称物理学家得到的知识是文化建构，那么此等科学知识社会学立场就好比虚假的数学家作如是宣称。[8]

《人人应知的科学》英文第二版
（《勾勒姆》三部曲之一）书影

三、破解：还科学以本来面目

目前热烈争论的问题之一是科学在我们文化中的合适位置。科学本来的文化意象既不像"魔仆"，也不似"泥人"。哈佛物理学家和科学史家霍尔顿（Gerald Holton）在《科学在"现代终结"时处在我们文化中的什么位置？》和《科学的公众意象》两文中，对上述两种意象加以破解。[9]

据说如今是一系列"终结"的时代（"现代终结""进步终结""客观性终结"等），种种迹象表明一场（不同于反科学现象的）运动在兴起。这种正在复活的对源于启蒙时期的西方文明前提的反叛，对科学家的生活、青年人的教育、公众认识科学以及科学资助的立法的影响不容忽视。

美国战时科学研究办公室主任布什（Vannevar Bush）应罗斯福总统的要求于 1945 年发表的报告《科学：无止境的前沿》曾被视为科学在文化中作用的乐观意象，而越南战争对技术的滥用则标志着 20 世纪科学与社会之愉悦期的终结。时至 20 世纪 90 年代，有人宣称布什的时代一去不复返了。霍尔顿认为有必要考察过去数百年导致科学地位变迁的原因。他选取了一系列对应于在显微镜下观察的文化细胞的样本加以分析，如"科学的终结"的提出者斯宾格勒（Oswald Spengler）的"预言"、维也纳学派的"科学世界概念"、弗洛伊德（Sigmund Freud）的悲观论调等。

肇始于 20 世纪 80 年代初，一种声称"探讨科学本来面目"的声音加入了 20 世纪 60 年代和 70 年代在学院内外时起时伏的涉及科学与社会相互作用的讨论，而且这种声音"过去数年来在书籍、官方报告、上百篇文章里越来越大"，对公众、政府部门、大学职员等产生了很大影响。比如，两位《纽约时报》科学编辑把科学家的形象"塑造"成"真理的背叛者"，仅仅因为在筐子里挑出几个"烂苹果"，就把欺骗和作弊描绘成整个科学界和科研结构的组成部分。[10] 霍尔顿认为，对科学中具有潜在恶行的"不轨行为"的定义是科学文化与实验室外文化之间裂隙的又一个实例。

　　与把相当数量的基础研究科学家说成是背离"真理的探求者"的意象，把整筐苹果全判为烂苹果相比，更加刨根掘底的另一种做法是，宣称根本不存在什么有待发现的真理。社会学的"强纲领"建构论者认为诸如夸克和玻色子之类实体等于"社会建构的"虚构物，科学不过是一种有用的神话而已，我们正处于所谓"客观性危机"（objectivity crisis）状态。霍尔顿加以破解的，除了文艺作品中的科学家心态，如屠格涅夫的小说《父与子》中的巴扎诺夫，以及情感扭曲的科学家形象，如从弗兰肯斯坦（Dr. Frankenstein）到核战狂人（Dr. Strangelove），还有捷克诗人哈维尔近十年的文章（他把 20 世纪困境之源归因于"理性的认知思维""失去个性的客观性"和"客观性崇拜"）。

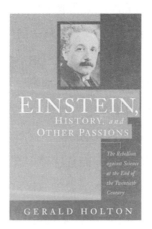

《爱因斯坦、历史与其他激情——20 世纪末
对科学的反叛》英文版书影

　　值得深思的是，对文化变迁方向可以产生重大影响的人士（特别是科学家）大多在目前的"浪漫反叛"（romantic rebellion）面前保持沉默。科学政策专家则为科学与社会之间的"社会契约"进行中的重新兑现争论不休。在霍尔顿看来，端正科学之扭曲意象仅靠加强教育是不够的，必须重新考察对科学的运用和误用。使科学重新成为每个知识分子的教育资源乃是最低要求，这并不是因为科学比其他领域更重要，而是因为科学是当代世界观不可或缺的组成部分。恢复科学与大多数人切身利益的相互联系——把科学引入环绕我们的轨道而不让它逃离我们的知识传统——是科学家和其他所有知识分子目前必须面对的挑战。

参考文献

［1］C. P. SNOW. The Two Cultures [M]. New Statesman & Nation, 1956 (LII): 413-414.

［2］斯诺. 对科学的傲慢与偏见 [M]. 陈恒六，刘兵，译. 四川：四川人民出版社，1987：17.

［3］斯诺. 两种文化 [M]. 纪树立，译. 北京：生活·读书·新知三联书店，1994：68.

［4］HENRY LEVIN. Semantics of Cultures [J]. Paedalus, 1965: 3.

［5］CLIVE CAVENDISH RASSAM. The Second Culture：British Science in Crisis—the Scientists Speak Out [M]. Aurum Press, 1993: ⅶ.

［6］CLIVE CAVENDISH RASSAM. The Second Culture：British Science in Crisis— the Scientists Speak Out [M]. Aurum Press, 1993: ⅶ.

［7］JOHN ZIMAN. Is science losing its objectivity?[J]. Nature, 1996 (382): 751-754.

［ 8 ］KURT GOTTFRIED, KENNETH G. WILSON. Science as a cultural construct [J]. Nature, 1997 (386) : 545-547.

［ 9 ］GERALD HOLTON. Einstein, History, and Other Passions：The Rebellion against Science at the End of the Twentieth Century [M]. Addison-Wesley Publishing Company, 1996: 3-57.

［10］布劳德，韦德. 背叛真理的人们——科学界的弄虚作假 [M]. 朱进宁，方玉珍，译. 北京：科学出版社，1988.

原载《自然辩证法研究》1998 年
第 3 期，第 60—62 页。

科学与"选美"

——读《莎士比亚、牛顿和贝多芬》有感

爱美之心，人皆有之。

科学当然是做科学的人做出来的，而人天性爱美，故科学与"选美"天然就有"剪不断，理还乱"的情感纠葛。

德国出版的有名的《数学谍报员》杂志曾经发表过一篇有趣的文章，作者列出 10 个有相当意义的数学表达式，请读者投票"选美"——选举你认为最美的公式。

德国数学家大卫·希尔伯特的"数学儿子"魏尔写过一本极具"选美"眼光的小册子《对称》（商务印书馆和上海翻译出版公司分别出版过中译本）[1]，他有一句话经美国物理学家弗里曼·戴森引用而出名：

> 我的工作总是尽力把真和美统一起来，但当我必须在两者中挑选一个时，我通常选择美。

---

[1] 第三个中译本：《对称》，赫尔曼·外尔著，冯承天、陆继宗译，上海科技教育出版社，2002 年。

可能由于这句话道出了许多科学家的心声，因而在科学界被广为传诵。一位对科学"选美"颇感兴趣的科学家找到个机会问戴森，魏尔可有具体例子说明他这种"选美"原则？

回答是：有。例子之一是引力规范理论。魏尔在《空间、时间和物质》一书中提出这一理论时，心里很清楚它还不够"真"，可它太"美"了，让人不忍释手。幸亏魏尔因美之故没有抛弃它，多年以后，当规范不变性应用于量子电动力学时，魏尔对美的直觉被证明是正确的。

例子之二是魏尔发现的"二分量中微子相对论性波动方程"。由于它破坏了宇称守恒，物理学界冷落了它 30 年，结果魏尔的直觉再次被证明是正确的。

这个楚楚动人的故事出自《莎士比亚、牛顿和贝多芬：不同的创造模式》（湖南科学技术出版社"第一推动"丛书第二辑之一，1996 年）（以下简称《莎士比亚、牛顿和贝多芬》），那位科学美的探求者就是该书的作者，美籍印度天体物理学家、1983 年诺贝尔物理学奖得主 S. 钱德拉塞卡。

这本书的原名 *Truth and Beauty*，直译应作《真与美》，科学出版社出过中译本 [①]，可是出版者对它"默默无语"，读者自然寥寥无几。同一本书，不同的出版社出，反响大不相同，一冷寂，一火热，何故？显然原因不仅仅在于译者给它换了一个撩人心扉的

---

① 《真与美——科学研究中的美学和动机》，S. 钱德拉塞卡著，朱志方、黄本笑译，桂起权校，科学出版社，1992 年。

名字。[①]

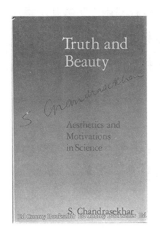

《真与美》英文版书影　　　《真与美》中译本《莎士比亚、牛顿和贝
　　　　　　　　　　　　　　多芬：不同的创造模式》书影

　　科学的原动力是求真，自然的本征态是选美，科学与选美有时可谓难分难解。求科学之真与探自然之美往往融为一体，这就要求"探求者"有一双慧眼和一颗灵心。

　　钱德拉塞卡不愧为科学艺术之美的慧眼独具、心有灵犀的探求者，他向我们传达了"当一个伟大的真理显示出来的那个时刻对美的感受""在美的面前震颤"等令人敬畏的真之美！

　　通过解说广义相对论何以具有"无与伦比的美"，钱德拉塞卡让我们明白了两条基本"选美"标准：一、一切绝妙的美都显示出奇异的均衡关系；二、美是各部分之间以及各部分与整体之间的固

----

① 有趣的是，这本书再版时，书名又改回了其本名。《真理与美》，S.钱德拉塞卡著，杨建邺、王晓明译，湖南科学技术出版社，2018年。

有的和谐。"我们不能由此认为，只有伟大的心灵在伟大的思想中才能感受到美。同样，创造的欢乐也不仅仅只限于少数几个幸运的人。事实上，只要努力去领会均衡的奇异性和各部分之间以及各部分与整体之间的固有的和谐，我们都有机会体验美和创造的欢欣。"诚哉斯言。

原载《中华读书报》1997 年 10
月 15 日第 11 版，署名"钟由美"。

另一种科普

——读《科学的终结》有感

1997年3月3日，美国著名的《图书馆杂志》评选1996年度最佳科技图书揭晓，其中有科普大师卡尔·萨根的杰作《鬼怪作祟的世界——作为黑暗中一盏烛光的科学》，此乃情理之中，亦有科普新秀约翰·霍根的力作《科学的终结——在科学时代的暮色中面对知识的限度》（以下简称《科学的终结》），则属意料之外。前者对伪科学大加鞭挞，后者被冠以"反科学"。两者都是有争议的惊世之作，都曾跻身于科普畅销书排行榜。

这种现象早已出现，它使我们觉得，在流行的阿西莫夫式科普、萨根式科普之外，还存有"另一种科普"——霍根式科普。

在给任何书下断言之前，至少得读懂它讲什么。出版社对《科学的终结》有一个简短的介绍，不妨照录如下：

> 通过坦率地讨论种种论题，包括超弦、星际旅行、机器人学、中性进化学说等，借助与其有关的人，如霍伊尔、乔姆斯基、惠勒、格尔茨等，霍根表达了他的敌对性问题：我们能获知欲知的一切吗？如果存在着终结，那么何为科学的目的？他认为纯科学本身所设置的限度为纯科学的实践制造了愈来愈大的困难。

《科学的终结》中文第一版、第二版书影

　　当然，该书内容远不是上面几句话所能概括的。全书 10 章均以"……的终结"为题，依次讨论进步、哲学、物理学、宇宙学、进化生物学、社会科学、神经科学、混沌学、限度学和科学神学或机械科学等的终结。作者充分运用其职业优势（《科学美国人》杂志记者），四处采访科学名家，生动记述他们的所思所想，特别是某一学科领域的"一厢情愿""疑惑"和"担忧"。书名和章名的耸人听闻，让不明究竟的读者乍一看以为是在为"终结论"呐喊、为"反科学"助威，其实不然。因为，霍根直言不愿看到"真理的探求者"离"真理"愈来愈远，使纯科学愈来愈像"反讽的科学"。比如他访谈诺贝尔奖得主斯蒂文·温伯格时，觉察到粒子物理学家面临的两难境地：他们取得终极理论要受责备，没取得也要受责备。

　　美国《科学》周刊发表的评论认为，尽管这本书不乏"有趣"之处，尽管作者最后陷入了自掘的陷阱，倒也确实提出了真正重要的问题：我们今后还会做出科学大发现吗？如果能做出的话，那将是些什么样的发现？生命起源，意识本性，智慧生命，是基本物理学定律的必然结果，还是这宇宙历史的偶然产物？

著名科普作家卡斯蒂在英国《自然》周刊发表文章，阐述科学是用一组规则提供与世界有关问题的答案的一种特殊过程，揭示霍根只字不提"数学的终结"的内在原因，指出以计算机仿真为主的"圣菲式科学"并非依赖于含混的个人观点、关于不可检验假说的主观判断和半神学争辩的"反讽的"变种，并就霍根不断生搬科学界权威人士的话巧妙给出"解药"——克拉克第一定律："当一位杰出的年迈科学家说某事物可能，他几乎肯定对；当他说某事物不可能，他很可能错。"卡斯蒂认为，要紧的不是科学是否正在走向终结，而是现实世界是否复杂得使人的心智无法完全理解。

公众如果注意到《科学的终结》这本书，"啃完""吃透"书中众多"响当当"科学人物（包括科学哲学家）的科学思想，兴许这"另一种科普"就达到了目的。至于担心科学政策、技术投资会受影响，恐怕不必多虑。不会有哪个国家的首脑仅仅根据一本书就削减科技预算的。科学的力量在于它经受得住任何批评。

书中观点对错，读者自会见仁见智。不过，了解一下与克拉克第一定律有异曲同工之妙的阿西莫夫的一句名言——"要是一种科学异说被公众忽视或指责，它很可能是对的。要是一种科学异说受到公众的热烈支持，它几乎肯定是错的。"——可能不无裨益。

原载《百科知识》1997 年第 12
期，第 40 页，署名"秦柯"。

有趣的似懂非懂

近日，来自英伦的宇宙学家霍金，经香港到北京，所到之处再一次掀起"霍金旋风"。人们顶着酷暑，涌向人民大会堂，聆听霍金"讲""宇宙的起源"。我们从何而来？我们为何在此？我们往何处去？英国 20 世纪 80 年代的畅销科幻小说《银河系漫游指南》①中，一台"超级智能的泛维人类建造的超级计算机"用了 750 万年时间计算"生命、宇宙和万物"的问题，结果得出的答案是一个莫名其妙的数字——42。

咱们这个世界的来龙去脉，真有那么大的吸引力，让人们趋之若鹜吗？在《时间简史》里，霍金教授以未受科学教育的普通人能理解的方式叙述关于"宇宙的起源和命运"的基本思想。然而，俄国物理学家安德烈·林德讲过这样一件趣事：在一次跨越大西洋的飞行途中，他邻座的一位商人正在看霍金的书。"你觉得怎么样？"林德问。"太吸引人了！"商人说，"我简直放不下。""哦，真有意思，"这位科学家回答，"但我发现它有的地方很乏味，有些内容看

---

① 中译本：《银河系漫游指南》，道格拉斯·亚当斯著，徐百柯译，四川科学技术出版社，2005 年；列入"世界科幻大师丛书"。《银河系搭客指南》，道格拉斯·亚当斯著，姚向辉译，上海译文出版社，2011 年。

不太懂。"

　　牛顿万有引力理论、大爆炸理论与稳态理论、宇宙指数般膨胀、无向量场以及无边界假说，诸如此类的理论、假说、概念，尽管在科学上一直在发展、争论，似乎并不妨碍广大读者喜爱《时间简史》。难怪霍金的新著《时间的更简明历史》的中译本，继续套用清华大学刘兵教授拟写的广告词——"读霍金，懂与不懂都是收获"。其实，解读霍金现象，也许人人读懂并不重要，收获与否也在其次，似懂非懂才是有趣的境界。

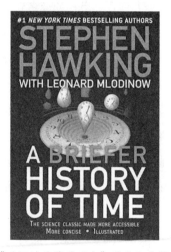

《时间的更简明历史》英文版书影

　　诚然，在《时间简史》的背后，有太多的有趣故事。20年前，身残志坚的霍金想写本书，一本关于宇宙学的科普书，希望能够挣到不菲的稿酬以供女儿露西上学，同时对高昂的护理费有所贴补。可惜身为剑桥大学教授的霍金，就出版科普书之事最终没有跟身边的剑桥大学出版社谈拢，其创意反倒被美国的矮脚鸡出版公司相中。诸位可别小瞧这只"矮脚鸡"，那可是美国出版界的一大品牌。它的高级编辑以学术眼光加商业运营著称。

在《霍金传》里，有一个有趣的情节：霍金的经纪人朱克曼策划了一场书稿竞标活动，吸引了多家美国的出版公司参与，争夺一部仅有构想、八字没一撇的"书稿"。出价高者，胜出。作者——未来的科普畅销书作家——当时一个字还未写，就拿到了六位数美元的定金！"霍旋风"开始扫荡书业界了。不过，为了写好、出好此书，学术化的作者跟商业化的出版者之间花了 2 年时间交锋。据说，书中每多列出一个方程式，潜在的读者就会吓跑一半。霍金曾经想专门做一个附录，把正文中被禁用的方程式罗列在后面，头脑市场化的编辑一口否决了他的天真想法。

其实，1988 年《时间简史》首次在北美上市前，出版商还是心里没底，一再削减首印数。现在看来，谁若拥有第一次印刷的英文版本，甚至可以当作"错票"收藏，没准还会升值。因为，书里的两幅插图放错了地方，出版社想回收首印的 4 万册图书，此时方知覆水难收，可书都卖出去了。令书商吃惊的是，印刷一度赶不上销售的速度。

20 年来，霍金已然从科学"英雄"摇身一变为大众"明星"，在千年之交，他曾经应邀到白宫去给总统上课。时代需要也造就了科学明星，《时间简史》的中文译本卖了数十万册，已属"畅销"，但对咱们这个泱泱大国不可以告慰的是，它在华夏以外的销量是以千万册计的。好在霍金的大名正在深入人心，否则某媒体的编辑就不会把《为世界而生——霍奇金传》的书名想当然地改成《霍金传奇》了。

《为世界而生——霍奇金传》中文版书影

说到底，解读霍金，只要有趣，似懂非懂又何妨？

原载《第一财经日报》2006年
6月22日C8版。

卡尔·萨根为何心烦意乱？

我担心，特别是随着新的千年期愈益逼近，伪科学和迷信将年复一年变得更有诱惑力，非理性的诱人歌声更加嘹亮、更蛊惑人心……蜡烛的火苗渐趋熄灭。微弱的烛光摇曳不定，黑暗笼罩，鬼怪开始作祟。

——卡尔·萨根《鬼怪作祟的世界——
作为黑暗中一盏烛光的科学》（1996 年）

一、"科学超新星"的陨落

"世界上最有力、最雄辩的科学和理性之声永远沉默了！"

美国康奈尔大学天文学家、行星研究实验室主任卡尔·萨根（Carl Sagan）博士，在与骨髓病斗争了 2 年后，因患肺炎抢救无效，1996 年 12 月 20 日病逝于西雅图弗雷德·哈钦森癌症研究中心，享年 62 岁。

作为杰出的科学家、教育家、作家、怀疑论者和人文学者，卡尔·萨根不遗余力地通过大众传媒向亿万人民宣讲科学观念、科学知识、科学方法和科学精神，被誉为"科学超新星""宇宙阐释者"和"有史以来最伟大的科普大师"。

　　卡尔·萨根认为，没有什么关于科学的东西是不能向普通人解释的。他领衔主演、耗资 850 万美元、历时 3 年摄制完成的 13 集电视系列片《宇宙》（*Cosmos*），自 1980 年播放以来，已成为美国公共广播公司收视率最高的电视片，观众遍布全球 60 个国家，多达 5 亿人次。（令人遗憾和费解的是，中央电视台多年前就组织国内专家翻译制作了《宇宙》中文版，却迟迟不见播放，使我国广大观众无缘欣赏这一科学佳片！）他与妻子合写的同名配套读物《宇宙》，亦成为历史上最畅销的英文科普著作。

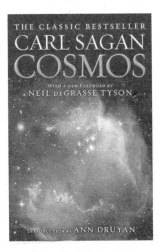

卡尔·萨根（1934—1996）　　　　　《宇宙》英文版书影

　　卡尔·萨根一生发表了 600 余篇科学论文和科普作品，独立撰写、与人合著和编辑了 20 多本书。1977 年出版的《伊甸园的飞龙——关于人类智能进化的思考》（*The Dragons of Eden: Speculations on the Evolution of Human Intelligence*）（以下简称《伊甸园的飞龙》）获得了 1978 年度普利策奖，并被译成包括中文在内的多种文字。1979 年出版的《布鲁卡的脑——对科学传奇的反思》(*Broca's Brain：Reflections on the Romance of Science*)(以下简称《布鲁卡的脑》),亦出版了 2 个中译本。他生前的最后一部著作《鬼怪作祟的世界——作为黑暗中一盏烛光的科学》(*The Demon-Haunted World：Science as a Candle in the Dark*)(以下简称《鬼怪作祟的世界》)是一部倡导科学思想、抨击伪科学的力作,这部书于 1996 年 3 月出版后,一如既往受到读者广泛好评。

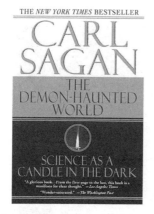

《鬼怪作祟的世界——作为黑暗中一盏烛光的科学》英文版书影

中译本《魔鬼出没的世界——科学照亮黑暗的蜡烛》书影

卡尔·萨根 1934 年 11 月 9 日出生于纽约布鲁克林,分别于 1955 年、1956 年和 1960 年在芝加哥大学取得物理学学士、物理学硕士和天文与天体物理学博士学位。1960 年年初执教于哈佛大学。1968 年后一直在康奈尔大学从事教学和科研工作,1971 年升为正教授。作为外层空间生物学的开创者,他给本科生和研究生开设了天文学与航天科学方面的课程,甚至在 1995 年 4 月接受骨髓移植手术后的养病期间，仍然继续指导学生和进行研究。他的研究领域包括：金星上的温室效应，火星上季节变迁的风尘解释，土卫六上的有机质，核战争的长期环境后果，以及地球上生命的起源。

卡尔·萨根因出色地主持了美国国家航空航天局（NASA）行星探险计划"水手号""海盗号""旅行者号"和"伽利略号"宇宙探测器的发射工作，而获得 NASA 杰出科学成就奖章；两度获得优秀公益服务奖；并因在科学、文学、教育和环保等领域的贡献获得22 个名誉学位，以及因在核战争的长期后果和扭转核军备竞赛等方面的工作多次获奖。1994 年，卡尔·萨根因"把科学应用于公众福利所做出的杰出贡献"而荣获美国科学院最高奖——公众福利奖。

卡尔·萨根先后当选为美国天文学会行星科学分会、美国天体物理联合会行星学分会和美国科学促进会天文学分会的主席。担任行星研究的重要专业刊物《国际太阳系研究杂志》（*Icarus*）主编长达 12 年。他是拥有 10 万会员的行星学会的奠基人之一。编号2709 的小行星被命名为"萨根星"。

卡尔·萨根毕生致力于让公众理解和认识科学。他的逝世是世界科学界的巨大损失。世界科普运动失去了一位领袖。但悲痛的人们对他的话记忆犹新："一切探索都会带来某些危险。谁也难以担保宇宙会乖乖地听任我们的摆布。但我不清楚，要是我们不研究宇宙，我们又何以能跟宇宙——包括宇宙的外部和内部——打交道呢？避免邪说泛滥的最好方法，就是普遍提高人民大众的科学文化知识水平，使他们理解进行这些研究的含意。在为获得研究自由而进行的交往中，科学家将被迫解释他们工作的意义。如果科学是一种封闭的教士职业，对平常人来说，既难以理解，又显得很神秘，那么，邪说泛滥的危险性就会更大。反之，如果科学成了大众都感兴趣和普遍关心的课题——如果它的乐趣及其社会效果在各类学校、出版物及餐桌上竞相讨论——那么，我们就能增加对世界真实面貌的认识，增加改造世界和改进我们前景的信心。"

二、卡尔·萨根为何心烦意乱？

1656 年，一本基于《圣经》为巫师辩解的书《黑暗中的蜡烛》（Thomas Ady 著）在伦敦问世。340 年后，卡尔·萨根的著作《鬼怪作祟的世界——作为黑暗中一盏烛光的科学》由著名的兰登书屋推出，当月就跻身于世界科技畅销书排行榜之首，连斯蒂芬·霍金与罗杰·彭罗斯合著的《时空本性》[①] 都只能屈居第二。

是的，读过《伊甸园的飞龙》的，看过电视系列片《宇宙》的，留意过"先驱者"10 号、11 号及"旅行者"1 号、2 号太空探测器的，关心过环境运动和核裁军运动的，无不知卡尔·萨根的鼎鼎大名。

可是，卡尔·萨根的另一面——捍卫科学、抨击反科学的斗士——也许知者不多。1974 年 2 月，他向美国科学促进会年会提交了一篇批评伊曼纽尔·维里科夫斯基（Immanuel Velikovsky）写的《碰撞中的世界》（*Worlds in Collision*）的文章（全文见《布鲁卡的脑》第 7 章 "金星和维里科夫斯基博士"），立即遭到维里科夫

---

① 《时空本性》，史蒂芬·霍金、罗杰·彭罗斯著，杜欣欣、吴忠超译，湖南科学技术出版社，1996 年。列入"第一推动丛书"第二辑。

斯基的信徒们的猛烈攻击，甚至他的同事都说他有损一位严肃天文学家的名誉，不该把时间浪费到这种没意思的事情上。

正如 1997 年 1 月 30 日英国《自然》周刊发布的讣告中指出的，"从飞碟到灵学，卡尔常常介入就形形色色的伪科学展开的公开辩论。他以敏锐的洞察力不懈地张扬理性和科学方法，并认为这个已知世界是非常迷人的——人们没必要在每遇不解事物时就寻求'外星人'"。

卡尔·萨根生前最后一部著作《鬼怪作祟的世界》中文版翻译出版权已被国内一家出版社购得。为使读者先睹为快，1997 年 1 月 3 日《中国科学报》第 5 版以《卡尔·萨根论科学与迷信、伪科学》为题摘发了该书若干精彩片断，1 月 15 日《人民日报》第 15 版以"卡尔·萨根论科学与伪科学"为题转载。

卡尔·萨根指出，显然我们没有回头路可走。不管是否喜欢科学，我们都必须与科学相伴。我们最好尽情享用科学，我们最终屈服于科学，充分认识到科学的美和科学力量的时候，将会发现，无论在精神方面还是在实际事务方面，我们已经在与大自然的磋商中做出了对我们大大有利的交易。

但是，迷信和伪科学却使我们心烦意乱，给我们提供无须动脑子的答案，逃避怀疑的查验，冷漠地使我们心惊胆战并贬损经验，让我们听命于信仰疗法术士并成为轻信的受害者。是的，假如在百慕大的深水中潜伏着吞噬船只和飞机的 UFO，或者假如死人能控制我们的手写东西，这个世界或许是一个更加有趣的世界。假如少男少女能够通过心灵表达相互之间的思慕之情；或者假如我们的梦，碰巧比和我们用来解释这个世界的知识能更多地并更准确地预料未来；那多有意思！

　　这些都是伪科学的例子。因为这世界根本不存在"心想事成"之事。伪科学声称采用科学方法和科学结果，而事实上它们就其本质是不真实的——常常因为它们基于不充分的证据，或者因为它们忽视了指向实现之途的线索。它们靠人们容易上当受骗来传播。在报纸、杂志、出版社、广播、电视、电影导演之类的不一致合作（往往是愤世合谋）下，伪科学思想随处可见。难以遇见的倒是更有挑战性的，甚至更激动人心的科学发现。

　　卡尔·萨根认为，伪科学比科学更容易炮制，因为转移与现实——我们在现实中不能掌握比较的结局——的冲突更容易逃避冲突。论证的标准（即所谓的证据）更加放松。部分由此原因，与科学相比，伪科学更容易影响公众。但这并不足以解释它的流行。

　　人们自然而然尝试各种信仰体系，看看它们是否合用。要是我们处境艰难，我们会变得极愿抛弃可能被视为怀疑论重负的东西。在伪科学的某些表现中，它满足精神渴望，治疗疾病，许诺死亡不是完结，伪科学有时候是旧宗教与新科学之间（却不受两者信任）的一种折中。

　　为了说明某些伪科学的核心是心想事成的思想，卡尔·萨根讲了一个故事：

　　　　我还记得，在儿童连环画中，有一位头戴高顶黑色大礼帽、面蓄八字胡、挥舞乌黑手杖的魔术师，名叫扎塔拉。他能使任何事情发生。怎么做到呢？太容易了。倒过来发命令即可。假如他想要一百万美元，就说"元美万百一我给"，于是一百万美元到手。有点像祈祷，结果很灵验。

　　我在 8 岁的时候，徒劳无功地花了不少时间尝试，命令石头飘浮起来："来起，头石。"石头从未起来。我只得怪我的咬音不准。

　　卡尔·萨根认为，伪科学被信奉与真科学被误解成正比——如果你从未听说过科学即对科学如何运作一无所知，那么你几乎不会知道你正信奉伪科学。你不过正以人总具有的思维方式中的一种在思考。宗教往往是伪科学的保护伞，尽管不存在宗教必须起此作用的任何原因。总之，伪科学是长久以来的人为产物。在有些国家，几乎人人（包括政府首脑）都相信占星术和占卜术，但这并非通过宗教简单地强加给他们：它来自封闭的文化，此种文化中的每个人都用这些活动来宽心，肯定的褒扬比比皆是。

　　卡尔·萨根列举了美国以及其他国家的伪科学和神秘主义案例。用意念弄弯调羹和传递外星信息的尤里·盖勒（Uri Geller）来自以色列。当阿尔及利亚现世主义者与原教旨主义者之间的紧张关系升级时，越来越多的人小心翼翼地向这个国家的 10000 名算命先生和天眼通（其中约一半人持政府颁发的执照营业）咨询。法国高级官员（包括法国前总统）把几百万美元投入一场骗局，指望从大气中找到新的石油储备。在德国，人们对科学无法检测的所谓致癌"地球射线"忧心忡忡，此种射线只可被挥舞权杖的有经验的卜探者感受到。"心灵外科"在菲律宾盛行。鬼怪是英国民族强迫观念的组成部分。自第二次世界大战以来，日本衍生了以超自然为特征的数目庞大的新宗教，估计日本有 100 000 名算命先生在活动，顾客主要是年轻妇女。涉嫌 1995 年 3 月在东京地铁系统施放神经性毒气沙林的奥姆真理教信徒，其信奉的主要教义中就包含飘浮、信仰疗法、超感官知觉等特异功能。信徒们花高价啜饮教主麻原彰晃（Shoko Asahara）的洗澡水。在泰国，人们用磨成粉的圣像制成的药丸治病。乱点鸳鸯谱的"巫师"在今天的南美洲被烧死。澳大利亚维持和平部队在海地营救了一位被绑在树上的妇女，她被指控在屋顶上飞行和吸小孩的血。

卡尔·萨根认为，近年最为成功的全球性伪科学——据许多标准可判为已成为一种宗教——是印度教的超脱静坐（transcendental meditation）。其创始人和精神领袖马赫什瑜伽师使人昏昏然的说教可在电视上看到。

遍布世界的超脱静坐组织估计有30亿美元的收入。交一定费用，他们许诺通过静坐可使你穿墙过壁，使你隐身难辨，使你腾空飞行。他们说，通过同思共想，已经减少了华盛顿特区的犯罪率，并促使苏联解体。对此种声明，没有一件真实的证据。超脱静坐兜售民间医药，开办贸易公司、诊所和"研究"所，并已成功地打入政界。在其魅力超群的头领轻易地许诺和用金钱及狂热信仰换取施以特异功能之中，正是许多伪科学外销公司铎制的典型。

卡尔·萨根进一步分析了反科学和伪科学兴起的外部原因。每当放松政府统治和科学教育时，伪科学就会乘虚而入。托洛茨基描述过德国在希特勒当权前夕的景象：

> 不光在农村中，而且在城市里，20世纪与13世纪都共存于世。千百万人用电，却仍然相信神秘之事和咒语的魔力……电影明星对灵媒趋之若鹜。飞行员戴着护身符驾驶靠人的技能

制造的神奇机械。他们蕴藏着无穷无尽的黑暗、无知和残暴！

俄国是一个有启发性的例子。在沙皇统治下，宗教迷信受到鼓励，而科学思考和怀疑思考——少数杰出科学家除外——受到无情排除。在共产党时期，宗教和伪科学有计划地受到抑制。结果，共产党之后，许多俄国人对科学持怀疑态度。盖子一旦被揭开，沉渣就泛起，UFO、闹鬼、信仰疗法、江湖假药、魔水和旧式迷信如今泛滥成灾。预期寿命的突然下降、婴儿死亡率的上升、流行病的蔓延、医疗标准的降低以及预防医学的蒙昧都超越了怀疑论在愈益艰难的人口中被触发的阈限。

卡尔·萨根关注中国出现的某种类似情况以及采取的断然措施。近年来，市场经济逐渐产生。伴随着古代中国的祭祖、占星术和占卜——特别是通过掷蓍草和搬弄《易经》的形式，飞碟、宇宙信息传感以及其他西方伪科学亦兴旺起来。官方报纸惊呼"封建迷信在农村卷土重来"。

中国政府和中国共产党对这种情况已有所警觉，在 1994 年 12 月 5 日发布的《关于加强科学技术普及工作的若干意见》中指出：

> 近些年来……科普阵地日渐萎缩。与此同时，一些迷信、愚昧活动却日渐泛滥，反科学、伪科学活动频频发生，令人触目惊心。……因此，采取有力措施，大力加强科普工作，已成为一项迫在眉睫的工作。
>
> 科学技术的普及程度，是国民科学文化素质的重要标志，事关经济振兴、科技进步和社会发展的全局。因此，必须从社

会主义现代化事业的兴旺和民族强盛的战略高度来重视和开展科普工作。贫穷不是社会主义，愚昧更不是社会主义。

卡尔·萨根指出，伪科学不同于错误的科学。科学是在逐一消除错误的基础之上发展起来的。错误的结论随时会得出，但它们是暂时得出的。所提出的假说要能够接受否证。一连串的别种假说要接受实验和观测的检验。科学朝完善对世界的认识而摸索前进和顽强前行。一个科学假说被否证时，私人感情当然受到伤害，但此种否证被公认为是科学事业的核心。

伪科学正好相反。往往所提出的假说对提供否证可能性的任何实验都刀枪不入，甚至原则上它们无法被否定。搞伪科学的人受到保护，怀疑的审查遭到反对。伪科学假说得不到科学家广泛支持时，就指控受到明谋压制。.

卡尔·萨根还指出，科学与伪科学之间最显著的区别或许在于，科学比伪科学更强烈地认识到人的不完善性和不可靠性。如果我们断然拒绝接受常犯错误的指责，就可以自信地预料错误——甚至严重的错误——将永远与我们相伴。但如果我们能够勇于做出一些自我评价，不管这些评价会带来何种令人遗憾的反应，就会有大量机会改进。

倘使我们只讲授科学的发现和成果，就算这些发现和成果十分有用甚至激动人心，而不传授批判性的科学方法，怎么能指望普通人将科学与伪科学加以区分？所以科学与伪科学都表现为未受支持的主张。在俄国与中国，过去往往好办，权威性的科学就是指定讲授的东西，科学与伪科学之间的区别已经为你做出了，没有什么需要劳神的困惑。但当发生重大的政治变故和放松对思想自由的限制时，一大堆蛊惑人心的东西——特别是那些迎合我们心理的东西——就会赢得大量信徒。每一个荒谬至极的东西都可能变成权威性的。

对科学普及工作者的最大挑战，是讲清楚科学发现真实又曲折的历史，讲清楚其从事者对科学的误解和偶尔对科学的拒斥。给初露头角的科学工作者的许多教科书往往到此为止。以一种动人的方式表现几百年来从探问大自然提炼出的智慧是科学的一个方面，而摆弄脏兮兮的蒸馏器则是科学研究的另一方面。无疑，科学方法远比科学发现重要。

三、重温卡尔·萨根精神遗产

卡尔·萨根在《布鲁卡的脑——对科学传奇的反思》（金吾伦等译，生活·读书·新知三联书店1987年出版）（以下简称《布鲁

《布鲁卡的脑》英文版书影

《布鲁卡的脑——对科学传奇的反思》中文版书影

第二个中译本《布罗卡的脑——对科学罗曼史的反思》书影

卡的脑》）一书的第 5 章"梦游病患者和神秘论贩子：科学和伪科学"中，淋漓尽致地揭穿了古今"神秘论贩子"贩卖的奇闻异货。在反科学思潮、伪科学活动的势头受到遏制的今天，我们重温卡尔·萨根的有关论述，作为对这位伟大"科学教师"的纪念：

> 在过去百年内——无论是好或是坏——科学在民众的心目中，都是作为洞察宇宙奥秘的基本手段而呈现出来的，所以，我们可以预料，当代的许多欺骗者会玩弄科学的伎俩。而且，事实上他们也是这样做的。
>
> ……主张可以漂（飘）浮起来的那些人，有义务当着怀疑论者的面，在被控制的条件下，演示他们的论点。证明的责任在他们身上，而不在那些产生怀疑的人身上。

有一个简单的方法可用来检验这种灵魂出窍术。当你不在时，一位朋友把一本书巧妙地放到图书馆的一个高不可攀的书架上。然后，如果你从来就有灵魂出窍的经验，那么，你就会飘浮到书那里，并读出其书名。当你的肉体重新醒来，并正确地说出你读到了什么时，那你就提供了灵魂出窍的物理实在的某种证据，当然你不允许采取其他方法。例如，没有其他人悄悄偷看后告诉你，也没有你的朋友或你的朋友的朋友告诉你，而是你自己通过"灵验"术知道这本书书名的。为了避免别人告诉的可能性，实验必须在"双盲"（double blind）的情况下做；那就是，选书和放书的人必须根本不认识你，完全没有意识到你的存在，也不去判断答案是否正确。就我所知，还没有灵魂出窍的演示实验始终在这些被控制的条件下，向听众中的怀疑论者报告过。

福克斯的例子最富有教益的方面，不在于竟有如此多的人受骗，而是在于，当骗局已经供认之后，在玛格丽特·福克斯已在纽约剧院舞台上公开表演了她那"奇特的大脚趾"之后，许多原来信以为真的人，依然拒绝承认鬼魂说话是一个骗局。他们借口说，玛格丽特是受某种理性主义者的胁迫而供认的。人们对于揭示他们的轻信竟抱着很不以为意的态度。

从未有人由于对美国公民智力的低估而吃过亏、赔过钱，这个评论也许广泛适用于世界。但所缺乏的不是智力，智力是有丰富的储备的，真正缺乏的倒是批判思维的系统训练。

一个令人惊奇的断言，有的出自普通的事情，有的出自奇事或出自使人畏惧的事情——或者至少还不令人生厌。这些断言之所以能流传下来，是因为人们认识肤浅，甚至有时著名人士和科学家未作更详细的研究而认可了。那些以为这些断言属实而加以接受的人，承袭了一切习惯的解释。最共同正确的解释有两类：一类是有意的欺骗，通常是图谋发财，如福克斯姊妹和加的夫巨人就是，接受这类现象的人一直被蒙骗着；另一类经常运用的解释是，当现象非常罕见和复杂，其性质比我们所猜测的远为错综复杂和难以捉摸时，为了理解而需要做更深入的研究。聪明的汉斯和许多梦兆适合于这第二种解释。在这里极通常的情况是，人们自己欺骗了自己。

我们无须高深的物理知识，就会对现代唯灵论的假面目产生怀疑。然而，这些骗局、蒙骗行为和误解居然迷惑了千百万人。

我们的实验室已是非常高级复杂的了。外星人制造的东西，我们也有可能进行鉴定了。然而，从来没有谁通过任何物理检验可以证明哪怕是外星空间飞行器的一小块碎片——更不用说能见到外星飞船船长的飞行日记了。正因为这些原因，所以 1977 年美国国家航空航天局（NASA）拒绝总统办公室关于认真研究 UFO 各种报告的建议。当骗局和纯粹的趣闻被排除了以后，似乎再也没有什么东西可留下以供研究了。

我坚信，科学是伪科学的最好解毒剂。

原载《世界科学》1997 年第 7 期，第 37—40 页。

20世纪90年代俄罗斯反科学的"病状"

"卡尔·马克思未曾预见的一个幽灵，正在俄罗斯游荡，它就是神秘主义。"《科学美国人》杂志1991年6月号以这句话开始报道20世纪90年代俄罗斯的"病状"。

> 素来严肃的苏联官方通讯社塔斯社播发消息：一些身着银色服装、长有三只眼的外星人于一年半前到过俄罗斯南方；一位通过电视施行信仰疗法的人声称不光能治好观众的病，而且能使喝过放在电视机前的水或涂过放在电视机前的润肤膏的人病体转愈。

哈佛大学和麻省理工学院的苏联科学史家洛伦·格雷厄姆（Loren Graham）[①]对此忧心忡忡："对自由社会来说，科学威信扫地和神秘主义之风抬头不是好兆头。"他于5月间组织美苏科学家、历史学家和记者在麻省理工学院就两国的反科学动向举行了专题会议。与会的苏联物理学会主席谢尔盖·卡皮察（Sergei Kapitza）对大

---

① 参见:《俄罗斯和苏联科学简史》，洛伦·R. 格雷厄姆著，叶式辉、黄一勤译，复旦大学出版社，2000年。列入"剑桥科学史丛书"。

众科普杂志的出版和关于科学技术的电视节目的播放锐减表示关注。

时隔一月，《科学美国人》8月号以首篇位置发表卡皮察的长文《苏联的反科学动向》，详查20世纪90年代俄罗斯的反科学"病状"及其"病因"，分析"这些表面病状实质上是潜在危机的信号"。

卡皮察从近代理性主义的根基入手，简要回顾了17世纪以来的近代科学史，发现"迷信、膜拜和神秘主义在社会危机期间以惊人的一致性出现"，如迷信泛滥之于欧洲宗教改革，麦斯默尔术卷土重来之于法国大革命前夕，唯灵论复兴之于第一次世界大战前夜的欧洲。

> 凡此种种在今天的表现形式是：超感官知觉和不明飞行物，占星术和千里眼，神秘崇拜和催眠术士。对这些东西感兴趣的人增多，乃是社会动荡及人心不安、失望和无所追求的显著标志。在西方（特别是美国）也有这些病状，不过是慢性的，而在苏联则是急性发热。

卡皮察进而考察了媒体的责任，认为媒体在传播反科学、助长非理性方面负有不可推卸的责任。神秘之风大盛之际，恰是科普杂志和科普电视节目式微之时。科学界即使为了自身的利益，也应当行动起来。

> 一方面，向神话堕落丝毫不意味着所谓新"科学"；另一方面，许多现代神秘主义思潮，无论是科学教派还是科学占星

术，又都打着科学的旗号。

卡皮察以亚历山大·斯皮尔金（Alexander Spirkin）为例，反映苏联意识形态的衰败程度。斯皮尔金任苏联科学院首席哲学家多年，写了许多本辩证唯物主义权威教材，教材一版再版。可他却因支持超感官知觉、巫医、天眼通及其他现代伪科学糟粕而声名狼藉。所幸的是，1990 年，斯皮尔金虽然被苏联科学院哲学和法学部提名为院士，但在投票选举中却未获通过（总数 240 票中仅有58 票赞成）。

如今，政治极端主义和社会极端主义的力量强大到社会秩序的脆弱力量往往无力与之相抗衡。有鉴于此，对反科学思潮和非理性思想给予政治支持和媒体报道可能非常危险。

卡皮察为我们提供了一个典型案例——"超感官疗法术士"。卡什皮诺夫斯基（Anatolu Kashpirovskii）频频在电视上露面，每次花一个多小时诱导观众：只要他们信任他，病就会好。医学界有气无力的反对声，丝毫无碍于他的巨大影响。1990 年除夕，《真理报》不惜用半个版面为这位"术士"撑腰。只有著名物理学家维塔利·京茨堡（Vatalli Ginsberg）在《消息报》上发表了一篇檄文予以驳斥。

合理性和理性的"危象"是社会人类学的一章，应当作为研究对象对待，作为社会"癫痫小发作"加以"治疗"。

　　卡皮察认为，我们今天应该比其他任何时候都更注重传播科学知识，推动社会态度向科学方向发展。但我们不能同反科学思潮直接交战，因为反科学思潮是深层疾患的病状，治疗社会失调不宜简单行事。把科学作为现代文化的组成部分加以持久而系统地宣传，对于未来和我们的后代至关重要。

　　1994 年 2 月 17 日，英国《自然》(*Nature*) 周刊发表了来自莫斯科的消息《俄罗斯报纸出产伪科学诱饵》：

　　　　上个月，严肃的俄罗斯新闻界遇到一场风暴，迄今为止一向坚决批驳伪科学、拒绝像其他出版物那样给心灵学之类活动一席之地的《消息报》，发表了一篇特别报道——一位拖拉机修理工声称发明了时间机器。……这篇文章表明一家以前回避这类动向的报纸的编辑方针发生了转变。它叙述 50 岁的库尼安斯基如何声称克服了相对性难题，制造他的时间机器。

　　　　库尼安斯基的经历与解决时空难题没什么关系：他以前的活动包括修理拖拉机，写过一篇关于"性共振"的文章，以及在莫斯科附近一家发电站保养机器。

　　上述消息还描述了俄罗斯的新"病状"：几乎俄罗斯每一个电视节目如今都以占星预报结束，为商业活动、卫生保健、家庭事务、性行为等等作指导。数以百万计的俄罗斯人受其影响，他们把电视台播放的东西当作国家许可的信息。

　　我们注意到，20 世纪 90 年代俄罗斯的病状实际上是新一轮世

界性反科学浪潮泛起的局部"泡沫"之一。正直的科学家目睹此
"怪现状",已忍无可忍,英国《自然》周刊 1995 年 4 月 6 日将他
们的"战书"公之于众:

向反科学宣战

　　在俄罗斯,宣扬反科学的出版物和广播电视节目如今呈快
速增长之势。真正的科学读物和广播节目抵挡不住反科学"雪
崩"。这对于青年的教育以及对整个科学的未来和社会的进步
是很危险的。

　　我们认为,至少有三个原因:(1)俄罗斯的传媒不再受政
府检查制度的管制。结果以前所有与传统思想相反的"隐藏
的"思想都放开了。(2)那些搬弄占星术、他择医学和天外来
客的人更加年轻、活跃和灵活,他们通晓大众的口味。(3)反
科学的语言对许多人来说通俗易懂;反科学狂妄宣扬,而真科
学认识到知识的局限。

　　因此,我们必须设法普及科学及其新进展,我们需要一批
能用简单实例解释复杂事物以吸引青年人注意到自然之美和自
然之奥秘的杰出科学家。

原载《世界科学》1997 年第 9 期,
第 43—44 页。

灵学史上鲜为人知的一页

——《科学大纲》《灵学》篇

　　1882 年才正式以"科学"面目兴起的"灵学",居然堂而皇之在 20 世纪 20 年代的科普巨著中占有一"篇"之地,可见这一事件之非同寻常。

　　谈到"灵学历史上的一件大事",人们往往想到 1882 年心灵研究会在伦敦成立。论及灵学史上鲜为人知的一页,就有必要重读《科学大纲》。其实,如今这"鲜为人知的一页",在 70 多年前曾经轰动一时。

　　迄今,灵学虽有 100 余年"奋斗"历史,却始终未能步入科学殿堂。与今日灵学备受科学共同体的"排斥"相比,"灵学"在 20世纪 20 年代竟然"跻身"于鼎鼎大名的《科学大纲》,此后再也没有如此"风光"过,可见,那几近被人忘却的"一页",绝不是一件不值一提的小事。

　　之所以重提《科学大纲》中的《灵学》,其原因之一在于,这"一页"几乎被灵学与科学之争的双方以及中立者第三方"忘记"了。灵学家贝洛夫的《灵学简史》有 12 处涉及洛奇,未提《科学大纲》;"奇人兰迪"的《神秘术和超自然之声称、诈骗和骗局百科全书》收有"洛奇"条目,未提《科学大纲》;史学家奥本海默的

《彼岸世界：1850—1914 年英国的唯灵论和心灵研究》对洛奇着墨甚多，未提《科学大纲》。

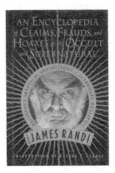

《神秘术和超自然之声称、诈骗和骗局百科全书》英文版书影

《科学大纲》是英国博物学家汤姆生（John Arthur Thomson，1861—1933）主编的科普巨著（或曰"科学概念著作"），1922 年出版。汉译《科学大纲》是中国科学社骨干成员借助商务印书馆实现的"一种创举"，1923—1924 年推出；1930 年编入《万有文库》，

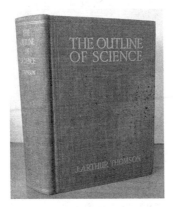

《科学大纲》英文版　　　　《科学大纲》英文版
（1937 年版）书影　　　　（2018 年版）书影

分订为 14 册出版。其中，第 14 册第 37 篇第 56 页刊有"《科学大纲》之总编辑"汤姆生教授的照片。

《灵学》（"Psychic Science"）为《科学大纲》第 16 篇，作者是当时的知名物理学家洛奇（Oliver Joseph Lodge，1851—1940）。有趣的是，《科学大纲》第 7 册第 84 页把作者名误印成"洛爵士治"（应为洛奇爵士），或许是心不诚之故。因为，这一篇的译者陆志韦（著名心理学家）特意在《灵学》正文之前，加了三点"译者识"：

> 读此文者不得不生三种疑问。
>
> 第一，科学方法之疑问。洛治爵士乃物理名家；其研究灵学之方法，果亦如其治物理之严谨乎？洛氏以丧子而大变其态度，其侈谈灵学，果未尝感情用事乎？
>
> 第二，本文所引事实之疑问。圆光现形等事，洛氏类皆得之传闻。其果足以当科学方法之一考核乎？其亦为研究灵学之人所同信者乎？然本文内容犹非国内设坛敛货、假托鬼仙者所可同日语也。
>
> 第三，灵学本身之疑问。心理学家能平心论事，且于精神研究之学造就不亚于洛治，而亦似洛氏之是非无抉择者，有几人乎？

如今的灵学，比洛奇那时候的初级形态的灵学，要精致得多，但上述三点"疑问"，对灵学及其从事者仍然适用。

洛奇宣称，随着心灵研究会 1882 年在伦敦成立，灵学开始走入稳定的轨道。心灵研究会出版了 32 卷《心灵研究会会议录》和

20 册《灵学杂志》，取得的第一批成果是"通过实验"确认了"传心术"（telepathy，陆志韦译作"他心通"）的发现，即所谓"不通过任何已知的感官传递思想"。洛奇为此列举了 3 个例子，配了 5 幅插图，介绍了心灵研究会调查的一系列"据说存在""不作为事实证据"的现象：

幻觉或魂灵（Hallucinations or Apparitions，陆译"幻觉现形"）；

死者显形（Visions or Apparitions of the Dead，陆译"死者之现形"）；

遥视（Clairvoyance or Lucidity，陆译"圆光"），如"解读"密封的信、包裹或合上的书里某一页，所谓"肚里仙"（reading with the pit of the stomach）；

心灵占卜术（Psychometry，陆译"精神测量法"）；

显形（Materialisations，陆译"成物"），包括心灵致动（telekinesis，陆译"神动"）；

心灵摄影术（Psychic Photography，陆译"精神摄影"）；

直接书写和直接言语（Direct Writing and Speaking）；

魔杖探水（Dowsing，陆译"看水术"）；

行进的遥视（Travelling Clairvoyance，陆译"神游"）；

幻姿（Apports，陆译"传物"）；

续存证据（Evidence for Survival，陆译"灵魂不灭之证据"）。

洛奇为所谓"圆光"举的最著名例证,"为大哲康德所述",是关于灵学的先驱人物斯威登伯格的两则"故事",今天看来,大概属于"灵学史话"的前史范围。

《彼岸世界》未涉及《科学大纲》,似乎"情有可原",因为《科学大纲》出版不属于该书考察的时间段。但它对恩格斯"视而不见",则似乎说不过去。恩格斯大约写于 1878 年的檄文《神灵世界中的自然科学》,"已经清楚地表明了,什么是从自然科学到神秘主义的最可靠的途径"。难得的是,《科学大纲》的《灵学》篇为那些"科学的请神者"和制造种种"奇迹"的"神媒"们,留下了12 幅"史料性"照片和说明:

> 洛奇(1901—1903 年心灵研究会会长);
>
> 鲍尔弗(1893 年心灵研究会会长);
>
> 巴雷特(心灵研究会奠基人之一);
>
> 华莱士(杰出的博物学家,已成为坚定的唯灵论者);
>
> 斯威登伯格(自然哲学家和神秘论者);
>
> 霍姆(最厉害的近代神媒之一);
>
> 派珀夫人(著名的美国神媒);
>
> 瑞利(大数学物理学家,1919 年心灵研究会会长);
>
> 迈尔斯(1900 年心灵研究会会长);
>
> 弗拉马利翁(法国天文学家,最近出版四大卷灵学著作);
>
> 里歇(巴黎大学生理学教授,1905 年心灵研究会会长);
>
> 柏格森(杰出的法国哲学家,1913 年心灵研究会会长)。

　　汉译《科学大纲》仅保留了其中的 4 幅照片（洛奇、柏格森、霍姆和派珀夫人），此举耐人寻味。或许可以从汉译《科学大纲》的实际组织者、中国科学社社长任鸿隽的一席话得到解释：

　　　　我们要注意的，不在某种现象是否适于科学研究的问题，而在研究时是否真用的科学方法的问题。如近有所谓"灵学"（psychical research），因为他的材料有些近于心理现象，又因为他用的方法有点像科学方法，于是有少数的人居然承认他为一种科学［如英国的洛奇（Sir Oliver Lodge）］；但是细按起来，他的材料和方法却大半是非科学的。这种研究只可称之为假科学（pseudoscience）。我们虽然承认科学的范围无限，同时又不能不严科学与假科学之分。非科学容易辩白，假科学有时是不容易辩白的。①

　　作为当时的大物理学家的洛奇，可谓是近代灵学的代言人，他通过为《科学大纲》撰写《灵学》篇，不仅集中展示了 20 世纪初灵学研究的内容和研究者"阵容"的概况，而且竭力为灵学辩解。他的"作假未必皆是欺诈"说，至今尚有"变种"在流行。有鉴于此，值得录以存照：

　　　　"Every kind of deception is not fraudulent. The tricks of a conjurer are deception，but not fraud. Deception is what he is paid

————————
①　参见《科学救国之梦》，任鸿隽著，上海科技教育出版社，2002 年，第 348—349 页。

for; it might even be regards as fraudulent if he failed to produce some sort of rabbit out of a hat. It is charitably thought that the subconsciousness of a medium sometimes resorts to deception in order to achieve desired results without any intention of fraud." 陆译：然作假未必皆是欺诈。幻术之手艺，作假也，而非欺诈。其所以谋生，在能作假。如幻术者言能从帽中变出活兔，而结果不能，斯乃为欺诈耳。故宽以责人者，宁谓媒介之下意识喜功过甚，不惜作假，初非有意欺诈也。（引者注："幻术者"今称"魔术师"；"媒介"即"神媒"或"灵媒"。）

与洛奇同垂"灵学史册"的，自然还有柏格森（H. Bergson, 1859—1941）。他在 1913 年 5 月 28 日当选为心灵研究会会长的致辞中质问道："对于灵学有许多偏见，至今犹有存者，这是什么缘故呢？通常以'假借科学的名义'责备你们的人，多半是浅学之流，这固然是不错。并且贵会的会员也有物理学家、化学家、生理学家、医学家，此外不属于贵会，而关心贵会事业的科学家也逐渐加增。但是也有许多著名的科学家，他们对于无论怎样狭隘微细的实验工作都很欢迎，唯独对于贵会所公布的所研究的，一概加以反对，一概加以摈弃。他们有什么理由呢？"柏格森对科学界"偏偏一概鄙弃'灵学'这个新科学"极为不满和不理解。84 年后，超心理学协会会长雷丁① 同样对超心理学（灵学的精致形态）仍然属

---

① 参见：《缠绕的意念——当心理学遇见量子力学》，迪恩·雷丁著，任颂华译，人民邮电出版社，2015 年。

于假借科学名义的伪科学之列表示不满，他预言"谁率先开发灵学的实际应用，谁就将成为 21 世纪高技术的主宰者"。

　　灵学，究竟是"新科学""高技术"，还是伪科学，这是一个饶有趣味的问题。回答这一问题的办法之一，是把上述灵学史的"一页"，与当代灵学加以比较。结果不难发现，灵学的形态有所"发展"，它的实质没有改变。

原载《三思评论》（第 1 卷），第 143—146 页，江西教育出版社，1999 年 1 月，署名"梁东方"。

通人气象

认真·宽厚·反思

——深切怀念龚育之老师

　　龚老师离开我们一年了，他的音容笑貌、谆谆指导，始终萦绕在学生心头，不能忘怀。记得1995年9月入学北大科学与社会研究中心攻读博士学位不久，我就协助有关方面编辑一本"捍卫科学精神"的文集，其中就收有龚老师的文章。那时，第一次真切地领教了龚老师认真的治学态度和严谨的写作文风，特别是若不熟悉便不易辨认的"龚体"字。体现"他的认真""他的宽厚""他的反思"的三则故事，皆与出版有关，我在去年7月的追思会上只讲出了一部分，在他的对话体著作《科学的力量》（河北教育出版社，2001年）"采访者的话"里也叙述不详。我心里憋了一年，觉得应该把老师的精神化为文字，融入我们后生的血液。

龚育之（1929—2007）

认真：一个标点，也要细抠

我们做学生的，饭后睡前，有时难免会私下议论老师的文章，比如曾经在《读书》杂志上连载的关于毛泽东著作的"大书小识"系列，署名"郁之"。比如《邓小平文选》第 3 卷的最后两句话是什么。有时议论老师在面试时给考生出的看似不难理解、其实不易回答的题目。

比如，邓小平的名言："我是中国人民的儿子。我深情地爱着我的祖国和人民。"龚老师有一年在中央党校招收科学社会主义专业的博士生时，即以此为面试题：一、这句话的出处？二、包含这句话的文字，最先发表在何处？三、以你的观察，《邓小平文选》为什么未收这篇文字？参加面试的学生，一时答不上来，可以回去查考，写成书面答案，一周内寄给老师。寄来的书面答案，第一问都能回答，查出它出自邓为英国培格曼出版公司编辑出版的《邓小平副主席文集》作的序。不过，都是从其他著作的转引中得知，没有看到发表的原文，因此也就不能回答第二问，更无从回答第三问了。其实，这篇序言最早发表在 1981 年的《党史研究》，并不难找。老师发现，同是这句话，既印在了《我的父亲邓小平》的封底，也印在了大型电视文献纪录片《邓小平》解说词的封底。但是，此话中间的那个标点，前者用句号，后者用逗号。问题来了："到底哪个标点符号正确？"根据最早发表的权威文本，那个标点，是句号。

关于邓小平著作的这则故事，后来收入《龚育之文存》（上海人民出版社，2000 年）上册的"大书小识"。龚老师对待文字、对待史实的一丝不苟、追根寻底的严谨态度，让学生深为感动，也会深深地影响我今后所从事的出版工作。

《龚育之文存》书影

宽厚：一篇"作业"，写就但不发表

1995 年年底，上海一家大报刊登一则消息，批评某出版社出版的一套少年儿童百科全书，居然有"神奇的意念力量"条目，而且举例解释这种"力量"之"神奇"甚至可以在比赛中大显身手，让对手无法进球。龚老师只是在一次会议讲话中，顺口举例引用了这则消息，又被媒体报道。该出版社具体负责此套书的总责任编辑不以为然，给龚老师写信申辩，认为媒体的报道"严重失实"。事实真相到底如何？龚老师问我们几个学生，谁有兴趣接这个"作业"，做一番探究。当时，我犹豫了一下，自告奋勇，答应试一试这个"题目"，看看究竟是怎么回事，十天内交卷。

我接下"作业"，把那四大卷书找来一看，才发现这道题目不大好做。该书乃是入选全国辞书编写出版规划里的一套少儿百科全书，1991 年 4 月初版，1994 年第 2 版，1995 年 4 月第 9 次印刷，当时的累计印数达 381300 册。在两届全国书市上都被评为"优秀畅销书"，还获得过图书奖。总体上，应该说该书是不可多得的"双效益"图书。

一开始，粗粗把书读一通，有点找不到方向，摸不着的感觉，不知文章怎样写，才算"及格"。后来沉下心来，还是先从"神奇的意念力量"条目内容本身的分析入手。该条目开篇即下定义："意念力是一种靠意志和精神力量产生的物理现象。在人体的特异功能中，意念力被认为是一种最神秘的力量，它的最普遍的表现是移动物体，令人惊诧不已。"接着举了六个外国人的例子，其中第二个，20 世纪 70 年代曾在苏联"轰动一时"的演员达达谢夫，据说能够用自己的意念去打乱或支配他人的行动。"达达谢夫对其中一个球手发出暗示，打乱了他的心绪，使他十五分钟内一个球也没击中，气得他跑出台球场。"此即龚老师讲话援引过，而编辑对批评不服气的例子。第五个例子，英国的霍姆，曾经在世界各地进行过上百次的"空中浮人"表演，使自己的身体飘出窗外，久久地浮在离地面二十五米的高空中，这种功夫使人惊叹不已。正是这位"灵媒"霍姆，曾经让克鲁克斯等一批 19 世纪的英国著名科学家大上其当，被恩格斯在《神灵世界中的自然科学》一文里刻画得淋漓尽致。接下去的一个条目，介绍了一种"奇妙莫测"的功能，很像孙悟空的火眼金睛：能把菊花枝干"看"断，把水中的鱼"看"死。明眼人一看，稍加分析就知道，这样的内容写进少儿百科，是欠妥的，至少是不够慎重的。

如果说以上内容"失实"的话，更加"令人惊诧不已""使人惊叹不已"的条目内容，还在后头。毛病主要出在该书的《自然·环境》卷，在《自然之谜》栏目下，列有 87 个条目，其中的三分之一，显然比较容易引起争议。比如，魔鬼三角区，飞碟之谜，飞碟基地，外星人之谜，水晶骷髅头，史前的"核反应堆"，人间的"火眼金睛"，等等。比较可疑的 28 个条目中，又有一半内容（乃至插图）来自受到科学界严厉批评的丹尼肯的"现代神话"《众神之车？》。

实际上，了解 20 世纪 80 年代中国的时代氛围的，诸如"气功热""人体特异功能之争""百慕大三角热""尼斯湖怪飞碟热""外星人热"，应当对这些内容并不陌生。再比较其他十余种同类的百科全书，不难发现，编撰态度严谨、内容取舍精当的，也不乏其书。于是，经过好几个通宵的研读、思考，我写了一篇文章《向少年儿童介绍自然之谜应该取科学态度》，交给龚老师。

交出文章后，我一度忐忑，不知老师会打多少分。后来得知，文章转寄给了出版社的相关编辑。时至 1997 年年中，龚老师来电话，让我去中央党校取书。出版社给老师寄了两套书，其中一套是给我的。这已经是 1997 年 7 月第 21 次印刷本，累计印数 921300 册。仔细一看，原书正文 640 页，现缩为 608 页。文章中提及的许多"不实"内容，已经经过了处理。老师没有推荐文章发表，而是将信寄给编辑，希望出版社请作者适当改写，既维护了科学的尊严，又保护了一套从总体上说是"双效益"的好书。老师的宽厚做法令我折服。这事关一套好书的命运，如果文章公开在报纸发表，势必会引起轩然大波，出版单位陷于被动不说，连这套书怕也是难以发行了。这也许同老师对 20 世纪 50 年代《科学通报》（以下简称《通报》）的一场风波的反思有关。

反思：一篇旧文，多次剖析

　　十年前，在老师的支持、鼓励下，我从北京到上海从事科技出版工作。近五年因为忙于参与整理、出版《竺可桢全集》（以下简称《全集》），遇到一些编书内外的难题和困惑，多次赴京向龚老师请教，老师不厌其烦，不吝惜自己的休息时间，为学生一一释疑解惑。有幸在老师"留饭"闲聊之际，也听到不少掌故。1948年，19岁的龚育之曾经报考过浙江大学，而且其名字列于"国立浙江大学三十七年度南京区录取新生名单"。其时，58岁的竺可桢担任浙大校长十二年。不过，龚育之选择了同期报考，也被录取的清华大学化学系。龚当时未能够成为竺的学生。

　　时隔三年的1952年，龚在家养病，自学俄文，经常注意看中国科学院编译局主办的《科学通报》。竺可桢担任中国科学院副院长，分管编译局工作。龚自己也没想到，他发表的一篇文章，"惊动"了院长郭沫若、副院长竺可桢、编译局长杨钟健（字克强）。

　　《竺可桢全集》第12卷（上海科技教育出版社，2007年12月），收录了竺可桢1950—1952年的日记，其中1952年1月11日（第538页）记有：

　　　　上午作函与戴文赛和郭院长，谈《科学通报》事。因昨《人民日报》社载龚育之"纠正科学刊物中脱离政治、脱离实际的倾向——评《科学通报》第二卷"，说《科学通报》有一定的成绩，如介绍苏先进科学成就，报道我国工业建设和科学技术中的新创造。但有不少严重缺点，表现了脱离政治、脱离实际，忽视了宣传毛泽东思想和马克思列宁主义。如毛主席的《实践论》在《人民日报》重新发表时就没有载，一直到五月号和八月号才发表了三篇科学工作者学习的心得。《毛泽东选集》的出版和人民政协全国委员会三次会议，统没有引起刊物的注意。《科学通报》的任务是偏重于报道和介绍，由于脱离了毛泽东思想的政治指导，这些报道和介绍常常是客观主义的、东鳞西爪的。把很有贡献的球墨铸铁和安全棉油乳剂研究的报道被淹没在大量次要报道中。介绍了一些资产阶级国家的科学状况，替他们做了反动政治宣传。去年九月号苏维埃语言学走上了新的道路，竟然翻译了登载在《真理报》上的原文一半。《科学通报》必须为新民主主义的经济和政治服务，中国的科学才会迅速发达起来。与郭院长谈后，决定从三卷一期起改变方针，将已付印之稿收回，但损失将数千万元（旧币——引者注）。

1952 年 1 月 11 日的竺可桢日记原稿

1月12日上午，竺可桢与郭沫若、李四光、陶孟和、吴有训等举行"非正式院长会议"，决定《科学通报》要改变姿态。"晚膳后杨克强、黄宗甄二人来谈《科学通报》事。余打电话与龚饮冰，询其子龚育之，知其为清华三年级学生，因患肾脏病，养病已一年，每天只能作二小时工作，并非如人预料其为苏联留学生也。"其实，据同一天的竺可桢日记可知，《通报》改变姿态问题，并非单单源于龚的批评文字："从四号政务会议中陆定一和李富春二人之言论，陆谓《科学通报》现印八千份，已较过去科学刊物为多，应配合思想改造，过去只有介绍科学，以后应有斗争精神。李对科学院提出四点，第一点即是要科学院来领导全国科学思想改造，把四百多思想改造经过来介绍给全国。接续有《人民日报》六号那天两封读者来函，批评了科学院的刊物。继之者又有十号《人民日报》龚育之的文章，针对《通报》批评。《科学通报》必须改变姿态是无疑问了。"至于主持编辑，"郭院长主张请龚育之"。

1月13日，竺"九点至东交民〔巷〕廿八号中国银行（前汇理银行楼上），看龚饮冰及龚育之，谈《科学通报》事。知龚育之系清华化学系三年级，将修业满三年，因肾脏病而休学。初看美国毕业西医，劝静卧，不吃盐。后看苏联医生，又劝每日可以行动，且可吃少量的盐。现已能每日工作三四小时。余与杨克强约其为《通报》作文或接受编辑名义"。

1月14日，"余与郭院长谈《科学通报》编辑非加强人力则不能胜任，并告以昨日晤龚育之结果，又推荐前浙大物理系毕业生许良英来编译局。许系共产党员，丁瓒亦知其人。已早接洽，许愿来"。

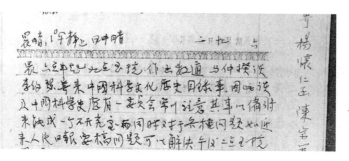

1951 年 1 月 13 日竺可桢日记片段

　　1998 年，龚老师在跟博士生的对谈中，谈及"中宣部科学处这个研究群体"时，并不避讳《通报》风波："文章写出来后，发表在《人民日报》上，反响挺大。……我原来以为写篇文章事情就完了，没想到科学院领导看得如此重，那么老的院长也跑来看我，确实有些吃惊。由科学出版社出版的《竺可桢日记》中还记了这件事情。"

　　改变姿态的《通报》，于 1952 年 2 月第 3 卷第 1、2 期合刊，首篇"人民政协全国委员会向各省、市协商委员会发出增产节约与三反斗争的指示"，表明了当时的时代氛围。除了刊出郭沫若的长文《为科学工作者的自我改造与科学研究工作的改进而奋斗》，还转载龚的批评文章（第 28—30 页），且附《附记：编者的自我检讨》（第 30—32 页）。令龚"没想到"的是，《通报》编者还"自行检举一两项重大的错误……第二项是对于爱因斯坦的唯心主义思想，我们所怀抱的糊涂的认识。在本刊第 2 卷第 12 期中我们登载了卡尔波夫的'论爱因斯坦的哲学观点'，严格地批判了这位'大物理学家，但也是很小的哲学家'的思想立场。……但我们却在'物质与能可以相互转变'下妄作聪明地加了一个脚注，这样说道：'物质与能可以互相转变是有实验根据的，并非唯心主义的论调，这里译文无误，是原文不妥之处。'这样一来，便十足地表明了我们是袒护爱因斯坦的糊涂的唯心论者了"。其实，这个脚注也与竺有关。竺可桢 1951 年 12 月 24 日（第 494—495 页）记有："上午至院。谈《科学通报》上《爱因斯坦的哲学》一文中加小注的问题。"不过，这一天的日记内容，在《竺可桢日记》（第Ⅲ卷，科学出版社，1989 年）被全部删节，以致许多研究者无从得知。

　　虽说撰文批评的起因，也许是出自一件小事，《科学通报》发表《真理报》所载文章的译文的一半，"这种现象使人怀疑《科学通报》编辑部到底有没有核对的制度"。40 余年后，龚老师跟学生回顾往事时说，"我那时年轻，很较真，认为怎么能容忍这样的事情！"2006—2007 年，龚老师曾经在交谈中告诉我，后来又让孙小礼老师在电话里转告我，当时他年轻气盛，血气方刚，思想幼稚，考虑不周，写出那篇"上纲上线"的"帽子"文章，是很不合适的。①

　　1952 年 1 月 25 日，《人民日报》发表《〈科学通报〉编者的自我检讨》。26 日，"上午开院长会议，讨论院中所出刊物。……《通报》和《自然科学》合并，另组编辑委员会，各学会的刊物亦将大加整理，予以合并，英文成分减少或废除"。28 日，竺可桢约其外甥蒋硕健中膳，知"渠与龚育之同班，专门有机化学"。其实，两刊合并问题，并不可简单地完全归因于龚的批评文字。心里有底的竺可桢，1 月 22 日（第 545 页）就记有："因目前政府方欲合并科学刊物，《自然科学》将与《科学通报》合刊。"4 月 7 日的竺日记（第

---

① 参见:《龚育之访谈录》，本书编辑组编，中央文献出版社，2009 年，第 61—65 页。

594 页)，记得更加明确，"仲揆和杨克强来，谈《自然科学》和《科学通报》合并问题。……下午开宣传委员会，杨克强出席，到葛庭燧、张含英等十一二人，一致主张把《自然科学》和《科学通报》合并，但定名为《自然科学》，不要社会科学的文章。……他们不知道文教委员会已决计要把《科学通报》作为全国自然科学和社会科学思想改造的先锋，所以决不赞同把他改名为《自然科学》"。

《通报》的合并出版（以下简称"合版"）问题，科学院领导层的讨论持续了好几个月。5 月 24 日，"院长会议讨论《自然科学》与《科学通报》合并办法"。7 月 20 日，竺可桢还在"阅近出《科学通报》（第 3 卷第 6 期）所载苏联科学院 1951 年各所工作总结及 1952 年计划"。恰恰是 6 月号的这一期，在封二刊出了改组后的编辑委员会名单，竺可桢在日记里只字未提以"编辑委员会"署名的第一篇文章，"加强科学刊物的马克思列宁主义的宣传——为《科学通报》和《自然科学》合版告读者"。直至 8 月 23 日，"沈其益报告《自然科学》与《科学通报》合并经过。共出十二期，费四亿五千万（旧币——引者注），印六千份。"原《科学通报》告一段落，取而代其功能的解决办法是，"近要出物理、化学、生物、数学《通报》，印三千五百到七千份"。10 月 20 日，"刘大年来谈编译局事，将来主要方针为设立人民科学出版社，成立《通报》和编辑二室，培养翻译及编辑人员。中国科学史须邀专人主持"。11 月 16 日，"沈其益报告出版刊物情况，现办数、理、化、生四种《通报》"。结局居然是，原先的一种《通报》被"合版"，又催生出了四种新的《通报》。

回顾《通报》风波，对编辑的粗心大意，批评仍然是合情合理的，但是龚老师在晚年更多的是真诚的反思："比如批评刊物'脱离政治，脱离实际'，而对什么叫联系政治、联系实际，我那时的理解有许多幼稚的东西。"（龚育之、王志强：《科学的力量》，河北教育出版社，2001 年，第 82 页）在《自然辩证法在中国》（新编增订本，北京大学出版社，2005 年 6 月）中增补了《跋：走过来的路》一文，龚老师坦言，自己 1952 年 1 月、3 月在《人民日报》发表的两篇文章，"都带有那时社会思潮的烙印，反映自己看问题幼稚的一面和学习苏联中偏差的一面"，"当时，我和我这样的一些人，是把苏联这些做法当作马克思主义的东西来介绍和学习的。后来才逐渐认识到这些做法许多是粗暴的、错误的、妨碍科学发展的"。（第 440 页）时至 2005 年 12 月 21 日，龚老师在中央党校同几位博士生有一次三小时谈话。38000 字的录音整理稿以《回忆中宣部科学处》为题，2007 年 9 月发表于《中国科技史杂志》。其中，再次谈及"批评《科学通报》"的来龙去脉：

　　那时我还没有到中宣部，还是在家里养病的大学生，微不足道的一个人物。但是这篇文章中宣部注意到了，并送到《人民日报》发表。《人民日报》是党报，上面发的文章是很受注意的。尤其是在《人民日报》上发表文章批评《科学通报》，特别引起了郭沫若院长的注意。他比较紧张，副院长竺可桢也很关注，打听写文章的是什么人，左打听右打听，原来是个在家里养病的学生。竺可桢那么大一位科学家，他亲自到家里看我，本来他可以把我叫去，但我由于在养病，他礼贤下士，来家里看我，说我的文章很好，而且还希望我到《科学通报》去工作。

《科学的力量》书影　　　《自然辩证法在中国》
（新编增订本）书影

我大学还没毕业，所以也就没有再说这个事。

……

现在对这篇文章究竟怎么看？当然是批评，批评它从那时起就很粗暴，用"脱离政治"、"脱离实际"的大棍子压人，这就变成一条罪状。我觉得这篇文章总的说是起了简单化的作用。……《科学通报》怎么办好，怎么适应新的国家的转变和建设的需要，同时又维持科学院刊物应该有的性质和作用，就我来讲，当时都没有仔细想过，根本没有想过科学院和科学院的院刊应该如何不脱离政治、不脱离实际，所以说是很简单化的。

2004 年 7 月 22 日，《竺可桢全集》（1—4 卷）出版座谈会在北京中国科技会堂召开。龚老师在孙老师陪同下，拄着手杖与会，让我特别感动。龚老师在发言中明确表示：

> 我特别关心竺老的日记。这个日记过去出版了一部分，我也没有都读，但是很感兴趣。这个日记提供的史料，对研究竺老的一生，对研究竺老所接触的他那个生活圈子，学术界、教育界，以及他所接触到的政治活动的历史，提供了原始的、准确的、细致的史料。研究现代史、当代史，除了许多别的方面的文献资料之外，像他这样一位著名的人物，所写的日记提供了非常重要的史料。……这个史料非常宝贵。原来出过五卷，现在有十四卷。我想，一个是选择的时间，一个是选择的内容，我希望——我看这也是编选日记的宗旨——完整、真实、如其本来面貌地来进行编选。我很赞成这个编选的方针。

龚老师在离会之前，写了一张纸条，走到竺可桢的儿子竺安跟前，把自己的联系方式交给他。

令学生抱憾的是，虽然座谈会后即根据现场录音，整理出了会议上的发言。可是，由于学生的疏懒，没有及时将整理的文字稿送老师审阅。后来又由于不忍给病中的龚老师增添负担，期望着老师能够渡过难关，以为待老师出院以后再看文稿也不迟，致使老师的发言未经老师亲手改定，最后只能以《一个希望》为题，于 2007 年 8 月 3 日发表在《文汇读书周报》，现收入《党史札记末编》（中共党史出版社，2008 年 1 月）①。

---

① 另收入：《科学与人文的交融》（下册），龚育之著，科学出版社，2013 年。列入"国科大文丛"。

《走近龚育之》书影

　　龚老师为《科学的力量》（赵红州策划、主编的"交叉科学新视野丛书"之一）写的"跋"里，开篇即言："策划者没有能够看到他策划出来的成果，这真是令人怅然的事。"同样令人怅然的是，老师最想看到的两卷竺可桢日记（《竺可桢全集》第12—13卷），直至老师身后才得以出版。

　　斯人已逝，怅然怀之。

原载《文景》2008 年第 6 期，第27—33 页。收入《走近龚育之》，北京出版社，2010 年 1 月，第 337—345 页。

从"雪中送炭"到"架设桥梁"

——竺可桢20世纪40年代日记中的李约瑟

　　作为科学史家的竺可桢（1890—1974）和李约瑟（Joseph Needham，1900—1995），学界已有过相当多的研究。[①] 他们二人于1943年首次在重庆会见，随后保持了整整30年的友谊和密切交流。

竺可桢（1890—1974）

李约瑟（1900—1995）

　　随着近年来《竺可桢全集》的陆续出版（其中第1—11卷已由上海科技教育出版社于2004—2006年出版），特别是竺可桢

---

① 例如席泽宗的论述，参阅"竺可桢与自然科学史研究"和"杰出科学史家李约瑟"，见《古新星新表与科学史探索》，陕西师范大学出版社，2002年，第291—299页，第585—588页。

1936—1949 年日记（第 6—11 卷，凡 500 万字，篇幅为 1984 年人民出版社出版的摘抄本《竺可桢日记》第 I、II 册的 4 倍）的完整面世，对研究竺可桢与李约瑟这两位中国科技史研究的开拓者之间的互动关系提供了良好的契机。正如席泽宗院士此前指出过的那样，"这日记本身就是中国近现代科学史长编，而且其中包含着他的大量读书笔记"[1]。

《竺可桢全集》书影

　　竺可桢与中国天文学史研究[2]，中国人的"李约瑟情结"[3]，竺可桢与中国科学社[4]，李约瑟与中国[5]，李约瑟与浙江大学[6]，抗战中的竺可桢[7]，竺可桢与中国科学体制化[8]，竺可桢日记中的若干珍贵史料[9][10]，作为科学史家的竺可桢[11]，凡此种种议题，都已有人著文研究。本文则试图另辟蹊径，主要依据新近公开的竺可桢日记中的第一手资料，对 20 世纪 40 年代竺可桢与李约瑟之间的互动关系做一初步探讨①。

---

①　1949 年以后的竺可桢日记足本，将在今后若干年内由上海科技教育出版社出版，故 20 世纪 50—70 年代的竺李关系，拟另文探讨。鉴于读者从数百万字的日记内容中梳理出相关线索不容易，本文尽量引用原文而尽可能不用或少用间接转述；此外，日记中涉及大量当时的人物和事件，人或以字称，或用旧译名，均照实抄录，所涉事件及背景，一般也不赘述细节缘由。

谈及竺可桢，李约瑟研究所前任所长何丙郁指出："不可错误地认为李约瑟是中国科技史研究的（唯一）先驱。在本世纪前半期，一些中国前辈在这一领域已有相当的贡献，竺可桢、李俨、钱宝琮、钱临照、张资珙、刘仙洲、陈邦贤等，他们在（抗战）后方，同李约瑟谈话时，自然会提到各学科的科学史问题，他们告诉他读什么书、买什么书和各门学科史中的关键要领等，这使李约瑟得到了很多的帮助和指导。"[12]谈及李约瑟，何丙郁则认为："20世纪西方学者中，就属李约瑟博士（1900—1995），最广为中国人所知。李博士一系列著作《中国的科学与文明》之出版，无疑是本世纪西方研究中国文化领域中之百年大事。……对于这些著作之诞生史，则要追溯到1942到1946年中国抗战期间，李博士任职中英科学合作馆之当年。"[13]

《学思历程的回忆》
英文版书影

《学思历程的回忆》
中文版书影

何丙郁博士2009年
6月4日给潘涛的回信

李约瑟，"这位后半生致力于研究中国文化遗产的英国科学家"，"由于他有意要扭转一种长期以来存在的错觉和误会，要使全世界能对中国人民的成就予以应有的好评"[14]，带着为中国科学与文明史著书的构想来到中国，在执行英国援华计划的过程中，广泛与中国学者、科学家交好，这其中，竺可桢应该是一位举足轻重的人物。

一、引子——20 世纪 30 年代：竺可桢论中国从"文化先进之国"变成"科学落伍的国"，李约瑟"皈依"中国文化

1. 竺可桢长期关注"中国科学何以不发达"问题

早在 1930 年 9 月 4 日和 10 月 17 日，竺可桢在南京分别发表了两次讲演《科学对于物质文明的三大贡献》和《近代科学与发明》[15]。竺可桢认为，20 世纪的文化为科学的文化。依据英国一些著名学者的意见，如威尔斯（H. G. Wells）、罗素（B. Russell）和怀特海（Whitehead），统说中国的文化，如美术、文学，同哲学，均不弱于外国，中国人个人的知能，也和外国人相仿佛。后者甚至说"世界上各国的文化的悠远和广大没有一国赶得上中国"①。"照这样看来，中国的文化应该在世界上首屈一指，然而何以近来各项物质文明会一点都没有进展，和西洋各国比较，就觉得相形见绌呢？推考其原因，就是因为科学没有发达。"

竺可桢列举了"使全世界统受其惠"的中国四大发明：纸，活字版，指南针，火药。他明确指出，历史家威尔斯在其所著《史

---

① A. N. Whitehead, *Science and the Modern World*, Macmillan, 1925, 第 8 页。——竺可桢原注

纲》中曾说："中国在世界上确曾有一长时期保持其先进之地位，直至千年以后，第 16、17 两世纪，西方有美洲之发现，并得印刷术而广布其书籍及教育，科学上开一新纪元，而中国方瞠乎其后。"（见《史纲》下卷，第 488 页。）

从竺可桢 1927 年的文章《取消学术上的不平等》所引用的罗素著作《中国的问题》[16]，到引用怀特海著作《科学与近代世界》和威尔斯《世界史纲》，已然隐约可见后来所谓"李约瑟难题"的雏形。

1935 年 10 月 27 日，竺可桢在"中国科学社成立二十周纪念"讲演中，延续 5 年前的思路，更是专论"中国实验科学不发达的原因"[17]。开篇即指出："中国古代对于天文学、地理学、数学和生物学统有相当的贡献，但是近代的实验科学，中国是没有的。实验科学在欧美亦不过近三百年来的事。"他申明："为什么中国不能产生实验科学呢？我今天讲的就是要想解答这个问题。"又 5 年后的 1941 年 4 月 10 日，"晚阅 Bernal *The Social Function of Science*，批评日本之科学工作为 pedantic，over-elaborate without imagination，uncritical and inaccurate"。4 月 14 日，竺可桢的读书笔记为："中国之科学　英国人 J. D. Bernal F. R.S. 著 *The Social Function of Science* 一书，民廿七年 George Routledge 出版，价 12 Scd。第 209 页述及中国之科学，谓中国近年来始有独立发展之科学，但过去三四千年以来中国在世界上不愧为三四文化中心之一，而大多数时间实为世界最高之文化，从政治上及技术上立场均可如此看法。但何以近代科学不发生于中国，而发生于西洋，实为一哑谜，恐因农业社会之安定及生活之充足，与夫政府之重视文人，由以致之。以中国文

化之基根易足使科学发达，因中国人过去之精密忍耐，与夫持平
Sense of Balance 文化工作，将来科学之发达正未可限量，至少可与
欧西并驾齐驱云。……卅年四月十四记，书在中央大学看到。"[18]
由此，不难看出竺可桢对为什么中国不能产生近代的实验科学问题
的长期关注和思考。

2. 竺可桢与李约瑟的"科学史情结"

1916 年，26 岁的竺可桢留学哈佛大学，曾经听过科学史家萨
顿的课。自此"科学史情结"便深埋于竺可桢的心中，亦为其日后
成为"中国的萨顿"埋下了伏笔。如果梳理竺可桢日记里的大量素
材，一定会对竺可桢这一思想的发展脉络有一更清晰的图像，然而
这不是本文的任务，此处仅举一例说明即可。1947 年 4 月 12 日，
"十点半至 Fogg Museum of Arts 晤 Prof. George Sarton。渠方退课，
听者有 350 人之多，本学期所教者为近代科学史。……Prof. Sarton
已卅年不见，但其精神矍铄不减曩昔。询及董彦堂之《殷历谱》，
欲人为之作 Review 登于 Isis 报上，嘱余为之。余询要若干字，据
云 1000 字左右。渠又有刘淦芝著关于 Silkworm 之历史，因 Isis 无
中国字体，暂不能登云云"[19]。

李约瑟早在学生时代就对丹皮尔（William Dampier）的《科
学史》非常入迷，并且与 5 卷本《技术史》的主编辛格（Charles
Singer）过从甚密。第二次世界大战前的 20 世纪 30 年代，李约瑟
不断鼓吹剑桥必须在科学史研究方面有所举措，据鲁桂珍说："剑
桥建立科学医学史的独立学科，主要应归功于李约瑟。"[20]竺可桢
对丹皮尔《科学史》亦颇为欣赏，做了大量的读书笔记。[21]1945
年 4 月 4 日，竺可桢阅"李约瑟在 Nature 上对去年工矿展览会

报告"，"午后阅新到 *Nature* 周刊及 Sir Wm. Dampier *A History of Science* 第三版（1943 年出版）。按 Sir Wm. Cecil Dampier 系英国剑桥大学之 Fellow"。

1927 年，37 岁的竺可桢在南开大学任地理学教授。3 月他在《现代评论》上撰文《取消学术上的不平等》，最后指出："中国科学，这样幼稚，若是我们还不发愤去研究，那真是自暴自弃了。一般人统晓得条约上的不平等是一桩可耻的事，但是学术上的不平等，尤其可耻。因为条约上的不平等是人家以枪炮兵舰强迫我们结成的，学术上的不平等是因为我们自己不努力去干，遂有这种现象的。科学既是近世文明的基础，发达工商业最要的利器，而且是追寻真理的唯一的途径，我们若要和世界列国相抗衡，那末不能不脚着实地去研究。"[22]

1937 年，沈诗章、王应睐和鲁桂珍三位中国青年来到剑桥，成为 37 岁的生物化学家李约瑟人生的"分水岭"。按照李约瑟自己的说法，"他们施给我两个主要影响——第一，他们鼓励我学习他们的语文；第二，他们提出问题来，为什么现代科学独独发生于欧洲"[23]。"天下自有对本国文明之外别一种文明整个儿地'一见倾心'的事"，李约瑟多次对鲁桂珍说。[24]

二、20 世纪 40 年代：竺可桢论"中国古代不能产生科学的原因"，李约瑟到中国"雪中送炭"

1. 竺可桢日记里的"竺李相会"时间、地点、情形

一般认为[25]，早在 1942 年 11 月 21 日，远在贵州遵义的浙

江大学校长竺可桢，就已经获知李约瑟即将来华，记录在其日记里："阅报知英国牛津大学 Prof. E. R. Dodds 为牛津 Regius 希腊文教授，继 Gilbert Murray 之后，系 Irish，目的在调查中国之教育，年49。剑桥大学生物化学 Reader Joseph Needham，年42，为惟一英国科学家能以中文讨论中国哲学〔者〕，来华拟教科学史。二人系 British Council 所送，或所谓 British Cultural and Scientific Mission to China。"[26] 翌日，竺可桢就"寄杭立武函（为 E. R. Dodds, J. Needham 二教授事）"[27]。杭立武当时是蒋介石对英国方面的联络人。

实际上，1942 年 10 月 6 日竺可桢日记里即用英文记有："Prof. Eric Robertson Dodds（Greek）of Oxford and Prof. Joseph Needham（Chemistry）of Cambridge come to China shortly。"[28] 竺可桢其时身在偏远山区，居然消息灵通，可惜未写明消息来源。此记不足一月之后，李约瑟于 11 月 3 日飞赴美国，会见萨顿、魏特夫、胡适、赵元任等人，于 1943 年 2 月到达昆明。[29, 30]

在李约瑟印象中，跟竺可桢第一次相见是 1944 年在贵州遵义。[31] 至于二人首次会面的日期，在《竺可桢全集》出版以前，限于资料不足，有过不同的说法：一说 4 月 10 日，另一说 10 月 22 日。①

可是据竺可桢日记，李约瑟 1943 年 3 月 21 日甫抵陪都重庆

———————

① 1944 年 4 月 10 日，"李约瑟一行在遵义停留了一天，参观浙江大学。在这里，他第一次会见了浙江大学校长、著名气象学家竺可桢。"见：王钱国忠，李约瑟传，上海：上海科学普及出版社，2007 年，第 104 页。1944 年 10 月 22 日，李约瑟"与竺可桢首次会面"。见王钱国忠等主编，李约瑟与中国古代文明图典，北京：科学出版社，2005 年，第 240 页。

不久，竺可桢就同他有过多次会面。3 月 30 日竺可桢为参加"青年团干部训练班"到达重庆当晚，"骥先约 Joseph Needham 在嘉陵宾馆晚餐，到梦麟、月涵①，九点半回"。[32] 这似乎是竺、李二人的第一次会面。4 月 2 日，"晚八点至中央党部听 Needham 讲 Axis. Attack on International Science，谓德国对于科学方面之趋向为反理智 anti-Intellecture，为种族主义，为侵略科学，为独裁主义，述及纳粹当政后大学中理科学生降至以前 35%，文科 25%，而教育、新闻等则增加。又谓一等科学家之被逐者 1800 人云"[33]。实际上当天上午，竺可桢"因写《科学与近代思想》稿，故未至三民主义青年团出席会议。……一点半高级训练班派陈君正纪用车来接。至复兴关中央训练团党政高级训练班讲演，由教务处梅嵘高招待。二点演讲至三点四十分，听讲者二百五十余人，均为第一至第十期党政训练班选拔而来者。王学素、熊东皋均在内。秩序佳，但对所讲似不甚感兴趣。余所讲'近代思想与科学'"[34]。正是在这次"高级训练班讲演"中，竺可桢比较系统地论述了"中国古代不能产生科学的原因"——"据个人的愚见，以为这有三个原因：（一）两汉以来，阴阳五行神秘说，迷信之深入人心；（二）数字与度量之不正确；（三）士大夫阶级以劳力为苦，不肯动手，因之缺乏实验。"[35]

4 月 9 日在重庆，"研究院招待 E. R. Dodds 陶育礼与 Joseph Needham 李约瑟"。竺可桢参加了。"中午至范庄，孔祥熙请客。到

---

① 月涵，即时任西南联大校长的梅贻琦。在"过于精炼"的梅贻琦日记里，仅记有 3 月 26 日去重庆，6 月 10 日回昆明，其间内容缺无。见：黄延复、王小宁整理，梅贻琦日记，北京：清华大学出版社，2001 年，137 页。

英国大使 Seymour、牛津大学 Christ Church 希腊文教授 E. R. Dodds
及剑桥大学 Joseph Needham、立武、立夫、天放、月涵、臧启芳、
雪艇诸人。四点，研究院在中央圕招待各界，到一百六十余人，骝
先主席。陶育礼 Dodds 读 British Academy、英各大学副校长协会
及牛津大学给研究院函。李约瑟（尼德汉）Needham 读皇家科学
会、英国科学协进会及剑桥大学来函。次骝先致谢辞，并述院中工
作。咏霓讲民廿六年去苏联开地质会情形，谓德、意无代表，而日
本代表最多，请地质学会去日开会未成云。遇美国公使馆 Winant、
Sprout、Fairbank 等。六点散。"[36] 4 月 22 日，"中午至北碚场。回
途至仲济处一谈，知 Needham 在碚仅三天"[37]。4 月 25 日，"十一
点余偕金湘帆乘梦麟车外出。余在嘉陵新村下车，步行至李子坝文
化基金会，应叔永之邀中膳。到步曾、经农、美国大使馆 Fairbank、
英国大使馆 Blofeld 蒲乐得及 Dodds、Needham 等。余告 Fairbank
以中国气象与美国空军之应密切合作，渠谓将告 Stilwell 司替威将
军。余〔请〕Dodds、Blofeld 设法将英国 *Nature* 等杂志能带入中
国重印，分发各校。三点 Dodds 等告别。渠与 Blofeld 定于廿七
去遵义。未几，子竞来。开科学社理事会。到析薪、子竞与叔永。
通过新社员一百余人。定七月十九在北碚开年会。推李约瑟为名誉
社员"[38]。

　　竺可桢 12 月 15 日到重庆参加教育部第二届学术审议会第一
次大会。17 日，"晚润章约中英科学合作馆 Sino-British Science
Cooperation Office 之 Joseph Needham 李约瑟，邀余与许元龙作
陪。据 Needham 云，其夫人不日将来，而皇家学会总干事之一 A.
V. Hill 亦将到。渠去遵义将延至三四月间。合作馆将分为纯粹科

学、工业、军事、医药四组，可知其范围之大。研究院特请许元龙为参加国际科学合作室主任，以作与外人接洽之事。Needham 又谓 British Council 将专派 Prof. Roxby 为代表，拟留华五六年之久云云。该馆每月可由印度运入 400 磅之科学设备。凡大学所要之书籍、仪器，少量可为代运。渠有一万镑可以化用。如有研究作品，可以代寄英国。谈至九点半散。余即作函与增禄、步青、爱予、时璋"[39]。

　　当时讨论的热点话题"中国何以无科学"，实际上是"中国古代科学之不能发达"的简称。有以下两段日记为证。

　　4 月 29 日竺可桢在重庆，"九点听梦麟演讲'中国何以无科学'。谓中国向注重道德而不重知识，且所注重在于应用方面。如达尔文《进化论》，到中国不问其是否合理、真假而先问其于实用如何。谓弱肉强食，则群谈瓜分之惨。见一物必询有何用处。如希腊〈Euclid〉〔Archimedes〕之抱几何而至死不舍，谓性命可不要，而几何不可毁，中国无此精神。中国之精神所宝贵者在于忠孝信义云云。"[40]

　　12 月 26 日在北碚，竺可桢在日记里就"中国何以无科学"表述己见："中国古代科学之不能发达，余尝作文申述之。尚有一点可以表明，数字之不精确，为一重大原因。[41] 如近来中医西医之争，若有精确之数字，如本日记 p.302 美国几次争战死人之数，则中西医之优劣立见。又昨读印度数学家 Ramanujan 传，Hardy 谓其以一人之智力，敌欧洲二三百年来积智。可知科学之知识，乃由积少成多。古代中国向不喜以一己所得传诸人。人亡政熄，有若干有技术者又不肯以传人。与友人谈，常有谓请西医多人〔治〕不愈，而经中医疗治者。又有自吹常吃菜馆冷食而不得病者，犹之黄河桥过保险期走火车，与中国汽车夫于急弯时不吹喇叭，以不知有小数点下数字之精密也。"[42] 竺对"中医西医之争"的态度立现。

1944年，1月3日在北碚，竺可桢上午"至科学社开理事会"，"晚阅李约瑟 Needham 著《国际科学合作》一文，系氏在华演讲，已译登《时事新报》，下期《科学》将转载。首述在华科学英美与中国合作之情形，如 microfilm 与购书籍与药品之类，谓氏已送出三十三次单子购物。次则报告中国科学工作，氏在 Nature 已寄文六篇，并寄中国刊物至外国。谓中国疫苗英美军人亦用，所制无线电部分亦佳，可以供英美〈陆〉〔空〕军用。〔述〕专家之交换，谓金陵大学'大麦王'之发现，使美国农业大受益。第二节述中国抗战时期未能利用科学。由于纯粹科学家恐入歧途，因政府侧重在应用科学，实际此理并不尽然。第三节讲以后科学国际合作，赞成于国际救济委员会 Internat. Relief & Rehabit. Com. 之下成立科学合作机关。结语谓世界各国均应认清，在国事大计应谋之于科学家"[43]。

李约瑟与竺可桢的"历史性会见"，多说是4月10日。[44] 在此之前，竺与李之间曾经有过多次信函往来。1944年1月4日、3月5日、3月6日，竺可桢致函李约瑟，4月6日，接李约瑟函。[45] 2月17日，竺可桢接廖鸿英（British Scientific Mission in China Liao Hong Ying）函，次日复廖，实际上是向李约瑟致意。3月5日在遵义，"李约瑟 Joseph Needham 二月间在中华农学会演讲，其中述及题为《中西之科学与农业》，谓世人只知以维他命（现已称维生素，下同）B治脚气病，世人只知系日人于1897年发现，但元代1250

年胡锡徽（译音）已说菜蔬、果子可治脚气病云"①[46]。3月13日，竺可桢"晚阅李约瑟二月间在中国农学会之讲演"[47]。正是在这次著名讲演《中国与西方的科学与农业》中，李约瑟明确提出："We could state the matter in another way，if we say that in point of fact modern science as a whole did not develop in China. It developed in the West—in Europe，and in the U.S.A.，that vast extension of European civilization. What is the reason for this？"[48]这实际上可谓是"李约瑟难题"的第一次比较规范的表述。后来他将这篇演讲词列为《战时中国之科学》②的首篇，大概是不无考虑的。不过，早在李约瑟来到中国之前的1942年，他就在《自由世界》（Free World）上发表了《中国对科学人道主义的贡献》一文，在结语中指出："If modern science originated and developed wholly in the West，it was due very largely to the existence of favourable social and economic conditions there，conditions which did not exist in China. Conditions in China were，indeed，definitely inhibitory to the growth of modern science and its associated technologies."[49]故可以认为，此文里已然萌发了"李约瑟难题"的胚芽。

4月10日在遵义，"李约瑟来校"（竺可桢语）。"十点半李约瑟偕其秘书黄兴宗来。黄③，厦门大学毕业，闽人。李约瑟Joseph

---

① 此处指的是元代忽思慧《饮膳正要》。此书初刻于1330年。竺可桢10月26日日记专门加了按语。

② 李约瑟著，战时中国之科学，上海：中华书局，1947年。

③ 竺可桢日记原文里误作"王兴宗""王"。见：《竺可桢日记》第Ⅱ册，第750页。在《竺可桢全集》第9卷，第73页，已经正误。

Needham 年四十二，为剑桥大学之生物化学 Reader，能说俄、波、法、德诸国语言，对于中文亦能写能读。对于中国对于科学之贡献尤感兴趣。曾在美国斯坦福、加州、耶鲁各大学为教授。曾著下列诸书:(1) *Science*，*Religion*，*Reality*，(2) *Man*，*a Machine*，(3) *The Sceptical Biologist*，*Chemical Embryology*，(4) *Adventure before Birth*，等等。其〔来〕中国乃由英国外交部 British Council of Cultural Relations 之代表组织 Sino British Science Cooperation Office。其夫人亦为生物学家，已到中国。氏定明日即去贵阳，转闽、浙，回途将在遵、湄停一星期云云。在社会服务处中膳。三点请李约瑟讲 International Scientific Cooperation in Peace & War。谈一小时余，至四点半散会，由劲夫陪同，参观工学院实验室。六点半在教职员俱乐部晚〔膳〕，到迪生、劲夫、荩谋、洽周、振公、直侯、尊生、坤珊、俶南、羽仪、钟韩、耀德、馥初、乔年及曹君（梁厦之公子）。膳后请李约瑟谈话，述其来中国后工作之经过。余询其是否能带入若干维他命 D 之精，即新发明之 calciferol，此物贵州需要尤急，以冬秋各月太阳光极缺乏，湄潭过去三个月中只有七天是终日没有片云的。渠允转达。谈至十点散会。"[50]

4月11日，"七点至社会服务处送李约瑟赴贵阳，到荩谋、劲夫与洽周。服务处以张鸣岗赴渝而胡颂翰辞职，故各事推不动。晨间始卖面、卖茶，而李约瑟又不喜吃面，故饮汤而已"[51]。8月8日，致李约瑟电。10月9日，接 Needham 电。

10月16日，竺可桢在湄潭为接待李约瑟事做精心准备。"与晓沧谈，知筹备招待李约瑟尚无头绪。中膳后二点开科学社年会筹备委员会，到晓沧、季梁、陈鸿逵（代邦华）、何增禄（代刚复）

及朱善培。以本年十月廿五为科学社卅周纪念，故各地社友会均举行年会于此时。但以廿二为星期日，可到会者较多，故决定湄潭于廿日、廿一两天举行。暂时定廿日晨大会，推余主席，下午读论文，晚演讲。廿一日上午社务报告，下午演讲。如李约瑟十七八可到，则请李演讲。此外，钱琢如亦预备讲'中国古代对于数学之贡献'。次讨论招待李约瑟膳宿问题。余与晓沧及季梁、善培偕至南门外卫生院晤杜宗光，适孙宗彭亦在。卫生院内之房间较小而适于住人，比文庙之大而无当者为好。故决计以卫生院为李及随从三人之住宿处，并请孙稚荪觅一李姓厨子。"10 月 19 日，竺可桢"开行政谈话会，讨论招待李约瑟 Joseph Needham、玉皇观筑路及房租等事"。

　　10 月 23 日至 28 日，李约瑟在湄潭浙江大学的活动，竺可桢日记记录甚详。鉴于其史料价值，不妨照录如下：

　　10 月 23 日

　　九点半出发。天气尚好，未雨，但路上仍多泥。车行初亦好，到最后常抛锚，以酒精管常被塞住也。二点四十分始到〔湄潭〕，即至卫生院，李约瑟甚满意。

　　10 月 24 日 ①

　　上午九点请李约瑟 Dr. Joseph Needham 在学生膳厅演讲

---

① 何丙郁文章"李约瑟与'李约瑟之谜'"（见：《中国科学与科学革命》，第 126 页）里，有两处误记：一、将竺可桢记载的李约瑟演讲日期，误作"1943 年 10 月 24 日"。二、《竺可桢日记》也记载 1944 年 4 月 27 日李约瑟和王亚南从历史与社会角度谈中国官僚政治的事情。实际上，《竺可桢日记》并无此"记载"，李与王的会见内容似乎应当出自王亚南的著作《中国官僚政治研究》（时代文化出版社，1948 年）的"序言"。

"科学与民主"，到教职员、学生约四百人，余首述中英科学合作馆 Sino-British Science Corporation Office 之目的在于：（一）供给专题资料，（二）供给专题意见，（三）供给专题用药品及仪器，（四）供给科学文献，（五）介绍外国人之科学论文登载于中国，（六）介绍中国科学论文至外国，（七）中西科学家通讯，（八）在国外发表中国科学现状，（九）对于建设新工业及购置设备供给中国政府意见，（十）交换学生。介绍毕，李约瑟演讲。首述科学与战争之关系，次及纳粹之失败由于民主国国防科〔学〕之迎头赶上，足以证明科学决不为暴虐专制者所利用？次述及科学之兴起在近代，与文艺复〔兴〕、宗教革命及商业之兴盛有关。商人即中等阶级造成资本主义，推翻封建制度，在中国尚未臻此阶段。末谓俄国社会主义之成功，已予人以先导。俄国所用于科学之经费，十倍于欧美其他各国（以国家收入作比例）。而近廿年来俄国对于土壤、地质及胚胎学均有显著之进步，由此可知社会主义并非反科学云云。演讲时由晓沧翻译。讲毕，余致谢后，李等赴生物系，余与学生又谈半小时。二点在农场进中餐，除李约瑟夫妇外，有本校教授二十余人。

下午三点半在十五号教室请 Picken 讲"英国战时农业研究"，谓近三年来，英国生物学家均用力研究增加生产，如将猪、鸡等均不大规模饲养，而专注重牛。如将刍草中之蛋白质加碘，则牛奶量可增三分之一。如刍草用轻养钠 NaOH，则可除去 lignin，而易于消化。割刍以不待草之开花而用人工迅速烘干，则蛋白质尤多。如以母牛 oestrus cycle 初期之 hormone

加于未受精之母牛皮下，则虽未交配，母牛亦能出奶，可得平常母牛奶 50%。如以牝马之 hormone 为 serum 苗打入受胎之母牛，则一胎可以得二小牛。又谓以 sulpha 药可以治牛之乳房病 mastitis，以 vaccine 可治牛之堕胎传染病 contagious abortion。晚膳时，文晖来。

　　八点在文庙大成殿请李约瑟讲 Observation on the history of science in China as compared with the West。余首先介绍并读 The University Bureau of the British Empire 来函。次李讲。首述中国儒教注重人伦，不谈天然，与道教不同，故炼丹术源于道教。至宋儒始有科学精神，以其兼佛、道也。次述中国对于炼丹、营养化学及数学上之供献，不亚于他国。但近世科学之不能兴起，由于环境，即四个 inhibitory factors，为地理、气候、经济与社会。后二者乃由中国之无商人阶级。地理方面，中国为大陆国，故闭关自守、固步自封，与希腊、罗马、埃及之海洋文化不同。天气方面，因雨量无一定，故不得不有灌溉制度。因此，地主尽为一国之王所吞并，而〔官僚〕封建制度 bureaucratic feudalism 不可消灭，商人无由兴起云云。讲约一小时余，次讨论。余谓如近世科学作实验科学解，则中国人之不喜用手，亦一原因。晓沧谓《史记》《前汉书》〔之〕"货殖传"中对于商人竭力排斥，其时中国方脱离封建帝皇，恶商人势力倾人主，遂排斥之，以崇尚儒术，提高士大夫地位，而此辈亦遂高自位置，遂使商工阶级一蹶不振。季梁讲中国炼丹术起源，于《前汉书》中有之。魏伯阳之《参同契》、葛洪《抱朴子》及六朝梁陶弘景，皆为著名人物。所用术语等，与阿拉伯、西欧全同。琢如谓中国科学之所不兴，由于学以致用为目的，且无综合抽象之科学，不用 deductive 方法，更无归纳法。刚复最后起言，时已十一点。散。

10 月 25 日

晨六点起。九点在文庙大成殿开科学社年会，到刚复、晓沧、李约瑟等社员卅九人。社友会会长刚复主席致词。余报告科学社过去历史及社务卅分钟。次李约瑟致〔词〕，谓中英科学合作馆与印度加尔各塔 Centre Relation Office、伦敦外〔交〕部 British Council（Cultural Division）及经济部 Ministry of Production、华盛顿之 British Central Scientific Office，以及驻苏、法二国英大使馆均有关系。渠下月回国，二月回，希望能成为国际科学合作局云云。

10 月 26 日

近日连三天，每晨必大雨，日出后即止，终日阴。李约瑟定今日回，后以生物方面可看之论文甚多，故再留一天。昨已看毕，今日上午观数学、物理。Picken 观农学院其他部分。下午如天佳往郊〔外〕游览，天雨请李约瑟讲生物或胚胎。科学社年会论文，昨读生物方面卅余篇，今展读物理、数学方面。晚间余讲"二十八宿"。据昨李约瑟云，昔人以为脚气病可用菜蔬治疗，即维他命 B，乃 1898 年日本一海军军官发明。但在中国元代御膳忽思慧著《饮膳正要》一书中已有提及。氏又谓朱恒璧曾著文述《本草纲目》（李时珍）中有十二种药，科学上已证明有用云。生物系姚鑫之研究，亦为 induction 及 ergoringer 问题，与李约瑟相似云。按《人名大字典》载：忽思慧，元仁宗延祐间为饮膳太医，尝取诸《本草》集成一书，名为《饮膳正要》。

下午晤硕民、汤元吉。午后李约瑟等参观农化。四点半在生物系与各生物教授讨论生物化学等问题。李本定今晨即回遵义转重庆，后以此间可看之工作甚多，故遂延后日廿八走。刚复将同往重庆。

10 月 27 日，竺可桢虽然"觉疲乏如感冒"，仍然勉力主持讨论会，李约瑟夫妇均参加。28 日，早上"八点偕贝时璋至卫生院晤李约瑟夫妇。李等行李均已准备待行……余与 Picken 及李约瑟夫人坐车中。八点三刻启行，与舒厚信、贝时璋等告别。李对于杜宗光院长尤感谢不止，谓愿寄医书与彼。沿途均雨不止……直至一点半始到遵义……知李约瑟视察史地系尚满意，渠对地图及徐霞客三百周纪念事甚注意"。29 日在遵义，竺可桢再次向李约瑟辞行，"八点至社会服务处，送别李约瑟夫妇、曹天钦及 Picken。回至办公室，作函与高文伯，嘱通知桐梓招待〔所〕为李约瑟定房间"。

11 月 1 日、13 日，竺可桢两次致函李约瑟。12 月 18 日，竺可桢获悉 "Needham 在英国赞美中国科学家"，"十二月十六日《贵州日报》载尼德汉 Needham 回英国以后在 中国大学委员会讲演，赞扬我国科学家，并谓联大、浙大可与牛津、剑桥、哈佛媲美云云"。[52] 后来的"东方剑桥"说法，也许脱胎于此。

1945 年 2 月 28 日，竺可桢偕谈家桢在重庆，"出至胜利村一号中英文化合作馆新址，遇 Dr. Picken, Mrs. Dorothy Needham 及

Sanders（即专造 Penicillin 者），知 Prof. Roxby 于五月间可来。而李约瑟大约于三月可回浙大，现有若干箱仪器书籍。余嘱其径送遵义内地会张东光收转"[53]。4 月 4 日，竺可桢读到 "李约瑟在 *Nature* 上对去年工矿展览会报告"，并做了摘记。4 月 14 日，竺在重庆至中英科学合作馆，获悉 "李约瑟于本月可回"。5 月 24 日，竺致函李。7 月 24 日，"据 Pickens 云，渠等拟往贵阳、安顺及昆明，于九月二十日左右始回渝。李约瑟已自莫斯科回，拟与其夫人赴西安，并欲至武功及西康一游。Sanders 将于十月返国，Pickens 明年三月间〔返国〕，李约瑟于战事终结返国"。

8 月 3 日，竺可桢 "阅李约瑟寄来 *The Place of Science & International Scientific Cooperation in Post War Organization*"。8 月 11 日竺记道，"昨李约瑟在重庆星期五聚餐会讲演中国工业化前途，谓西方工业、科学发达之情况受当时物质环境影响，并非偶然。中国自秦朝以来，官僚士大夫阶级停留甚长，社会生产少有进展，封建势力甚为牢固。科学则必与资本主义同时产生，民主亦为其副产品，资本主义国家人士以为非资本主义国家即无民主、无科学，乃绝对错误，苏联科学经费占总预算 1%，美国千分一，英国万分一"。8 月 13 日，竺接李约瑟函。8 月 21 日，竺在日记里详细摘录李约瑟著《战后国际科学合作之地位》一文中的观点。8 月 31 日，竺 "阅李约瑟著《国际科学机构 UNECO 之主要目标》（见廿一日日记）"。10 月 2 日，"十点至胜利新村一号中英科学合作馆晤李约瑟夫妇等，均不在。遇胡乾善、钱逸云，知浙大有书四包、杂志五包，拟托酒精厂车带去。据胡云，李约瑟于月底可回，Sanders 与 Pickens 本月五六号可回。后二人均将回国（Sanders 与

Pickens）。李约瑟夫人本〔年〕冬，李则于明夏返国云"。由如此频繁的记录可见，竺可桢始终关心着李约瑟的动向。李约瑟则在《自然》（*Nature*）周刊上发表系列文章，介绍抗战时期的中国科学。[54]

2. 竺可桢英文文稿《二十八宿之起源》如何经李约瑟交张资珣？

1945 年 8 月 16 日竺可桢在遵义"复李约瑟一函，渠近得剑桥张资珣 Chang Tzekung 函，知与 Dr. Herbert Chatley 合作，欲著一《中国天文学史》（*History of Chinese Astronomy*），拟包括董作宾之《仲康日蚀》《殷历长编》及《周公土圭量日影法》等。欲将余《二十八宿起源之地点与时代》〔收入〕，欲余觅人翻译。但气象所与浙大均无人能作此，故余〔将〕于十一月间回碚作成英文"。

10 月 5 日竺可桢在北碚，"上午开始写李约瑟嘱作文，题为'The Origin of 28 Mansions in Chinese Astronomy'。李约瑟约欲余嘱人翻译前登《思想与时代》上《二十八宿起源之地点与时代》文，但遵义既乏无书籍，非至北碚，亦无人可任翻译，故余不得不另著一文，但材料现成而已。原文二万字，余拟缩成五千字，因实在无暇全部翻出，亦无此需要也"。7 日，"终日作 The Origin of 28 Mansions in Chinese Astronomy。昨天以看《通报》，未能下手写。今日又写二千余字。幸上下午均无来客，故极清静，年来难得之事也。晚写至十一点半睡"。8 日，"今日自朝迄晚写 28 Mansions 文，总觉时间不够，急就章，勉强应付。中文本共 20 000 字，此次英文缩成六千字，因并非翻译，乃完全重写，故极费时，无人能与商酌，细细考虑，自度错误必多"。9 日，"今日继续作英文《二十八宿》文，整日未停。晚间洗一浴。至十一点睡。全文写竣，计六千余字。后面一段因赶得太急，故前后不甚接气。晚间将徐延煦所打者重读一过，觉英文不润当，但亦无时间可加以修改，因明日即走，往重庆则更无时间也"。10日，"晨六点即起。七点即〔将〕《二十八宿》文中之表排好，交与徐延煦。余文虽作好，但徐已无暇写打，故此文只可俟打好后寄余，余阅后再寄李约瑟。好在李约瑟于月底始能回"。

12月27日、28日两日，竺可桢在遵义接连作函与李约瑟。1946年1月10日，李约瑟致函张资珙，希望张将竺文收入关于中国科学的论文集中。[55] 该文最终是否收入尚待进一步考证，不过1947年2月确实发表于美国的《大众天文学》杂志上。[56]

1946年，竺可桢在重庆，2月23日，"三点至中英科学合作馆晤罗士培夫妇及李约瑟，知李于三月一日赴北平，罗士培将于四月中赴渝〔沪？〕。浙大物理程开甲，数学张素诚，生物姚鑫，均得英国奖学金去大学研究"。2月26日，"七点至国民外交协会晚餐，应李约瑟之邀，到 M. Q. Bolton（地质家）Reischert，英国大使馆之 Mr. Kuhn（孔），荷兰使馆之 von Gulik，美大使馆 Adler 及曹天钦、胡乾善、鲁桂珍女士、济之、咏霓、月涵、汪敬哉、傅孟真等等。八点半散"。4月10日，"九点阅李约瑟上委员长书"。4月11日，"晨阅李约瑟上委员长报告"。竺可桢且作了节录："李约瑟并述中国科学过去之成就，目前 Blackett 弟子胡乾善，Max Born 之弟子 H. H. Peng，A. V. Hill 弟子汤〈培〕〔佩〕松以及童第周之 Exp. Morphology，吴宪之发明 Protein denaturalization，均属不可多得之人才。中央、北平研究院经费均须增加 100 倍。秦岭山森林研究所、天水保土试验场、中央地质调查所、黄海研究所及编译馆均应扩大预算。此外机关用人太多，如中大医学院教员只 80，而职员 220。报告中并提及大学统制思想、教授失踪。对于学会主张维持刊〈会〉〔物〕，并赞美《中国生理杂志》、Sinensia、Science Record、《气象杂志》、《化学杂志》。"[57]

5 月 22 日，"余至胜利新村一号晤 P. M. Roxby，遇 Bolton，谈及浙大物理、生物、化学、蚕桑、农艺、园艺各系之账目，共欠药品仪器等件一万九千三百七十六印度卢比。其中除药学系已付一万六千七百〇五卢比外，尚差二千六百七十卢比。从前每卢比只值六元国币，现则抵五百七十元法币，合计需一百五十二万二千四百元。Bolton 嘱代替曹天钦之徐迓亭来谈。知 Bolton 原决定可打八折，现又不肯。余以校中受中英科学合作馆之实惠已多，若将此款延宕不理，亦不近情理，且于国际信誉有关，故决计将其还清。若 Needham 在渝，此事或可早解决矣。中午 Roxby 夫妇及 Bolton 与印度人 Mohammed Ali 同进中餐。据罗士培云，本年 British Council 邀请三教授〈即〉〔及〕十五个学生赴英国大学研究，惟尚未经正式批准。三教授为联大伍启元、地质调查所李善邦及一学生物之罗君。十五学生有程开甲及姚鑫之名，张素诚已落选。罗士培承认 Needham 与 Julian Huxley、Bernal 同样左倾。Huxley 已被派为 UNESCO 之 Chairman，而 Needham 则为 Section head，现在巴黎云"。8 月 5 日竺可桢在杭州，记有"寄李约瑟单行本"数语。

11—12 月，竺可桢在巴黎参加联合国教科文组织大会，跟李约瑟仍然有过多次交流。11 月 14 日，"今日下午五点半，Joseph Needham 在此演讲'中国近来对于科学之供献'，以法文讲，故余未往。后润章回，始知以英文讲云"。16 日，"上午十一点，偕瞿菊农（世英）至 UNESCO House（19 Avenue Kleber），晤 Joseph

Needham，以事忙未细谈。与 Yap 叶渚沛谈，渠对于利用科学以提高人民生活极为热心，而反对纯粹科学之过于偏重，故认数学中心设立在中国为不急之务。叶为人富于情感，但与 Needham 性情似相似"。18 日，"余欲往 UNESCO 晤 Needham，自 George V Hotel 行往 UNESCO House（19 Ave. Kleber），因迷途失败走回，颇懊丧"。25 日，"李约瑟以中文、英文、法文讲演"。

3. 竺可桢如何"为李约瑟书单事"操劳

1947 年，1 月 10 日竺可桢从伦敦到剑桥，"五点至 Trinity College。又至 Caius College 李约瑟办公室，坐二小时，王铃在此为李编《中国科学史》。"[58] 1 月 16 日，"余将 Needham 之书单交承绪在杭州购书。"

8 月 10 日竺可桢在杭州，"阅 Joseph Needham *History is on Our Side* 第一篇 The Two Faces of Christianity，大为共产党辩护，故英国人称李约瑟为共产党，非无故也"。9 月 10 日，"今日作函与李约瑟，为其介绍 Danish Organic Chemist Nils Clausen Haas 来校授课，其人年仅卅，但已有著作不少云云。余又告以 UNESCO 中国委员会之动作等，并附去《科学与世界和平》一文"。9 月 29 日，"在法国时 Joseph Needham 交余中国书单一份，嘱余购办。余以回国尚早，故将此单交由承绪带回。承绪于正月底出发，四月中始到，将单交晓沧，晓沧又交荩谋。余回国曾询承绪，但以为在图书馆，近始知图书〔馆〕亦无此单，想在荩谋处矣。但荩谋已身故，此单遂不知在何所，正在搜寻中"。10 月 3 日，"上午至图书馆晤沈丹泥，为李约瑟书单事"。

1948 年，1 月 13 日，"九点至图书馆，询沈丹泥有否中国书籍在图书馆为复本而有中国科学史资料者，余欲交上海 British Council 送给剑桥大学李约瑟也。因昨年余在法国巴黎时李约瑟交余一中国书单，嘱购置，此单余珍藏之，到伦敦交王承绪带回，王交郑晓沧，晓沧以交张荩谋或图书馆中人。余回国后忘询晓沧，追荩谋八月去世，欲追查而无由矣。今日特开一简单书单交沈丹泥"[59]。

1 月 19 日，"沈丹泥来，开一可送李约瑟之书〔单〕有：《梦溪笔谈》、《日知录》、《近思录》、《明儒学案》、《宋元学案》、《涵芬楼秘笈》、《十驾斋养新录》、李俨《中国算学史》、《畴人传》、《碑传集续》、《碑传集》、《通志略》、《碑传集补》、《中国农书》、《通志略》、《书林清话》、《说郛》、《荀子集解》、《墨子间诂》、《老子道德经》、《枕碧楼丛书》及《古今图书集成》（不全，1488 册，全 1628 册）"。1 月 21 日，"午后三点开行政会议……次讨论提案，议决送剑桥大学 Joseph Needham 中国书若干种"。1 月 30 日，"上午作函与李约瑟，并附浙大赠送李约瑟之书单一纸，计有《图书集成》，阮元《畴人传》，沈括《梦溪笔谈》（书名见后）等等，并为谈家桢、任美谔二人向 UNESCO 要 International Congress of Geneticists 及 International Geographical Congress（前者在 Sweden 于本年七月，后者在葡萄牙 Lisbon 本年九月）出席津贴费用"。3 月 20 日，"今日得 Needham 自法国来电 ' Deepest thanks splendid gift books, if not too late please address Caius College, Cambridge, England, not Paris.'云云，幸余事先已告上海 British Council 将书寄 Caius College"。[60]

4. 竺可桢收到、阅读李约瑟赠送的《科学前哨》

1949 年，1 月 26 日，竺可桢接 "Needham 送 *Science Outpost*"。[61]

2月23日,"上午作函与蔚光、温甫、元任、宝堃,及 Joseph Needham,谢其寄渠夫妇所著 *Science Outpost* 一书,系伦敦 Pilot Press 出版,1948年价二十五仙。Dorothy Needham 最近亦被举为皇家学会会员,是为夫妇同为会员之最早者(余于晚间偶阅包书纸背后始知,函中未及道贺也)。凡 300 页,内有报告、函件及诗札等,颇饶兴趣。氏在中国经十省,行二万五千公里,视察 296 个科学技术机关,送给六千八百余本科学书与各大学及圕。如以一镑一本计,即六千八百镑也。送给英、美科学期刊所登文字凡 138 种,其中 86% 为期刊所接受。李约瑟夫妇共演讲 123 次(连 Drs. Sanders + Pickens)云云"。

2月25日在杭州,6月19日、21日、22日竺可桢避居在上海,都抽空阅李约瑟夫妇著《科学前哨》。6月19日,"上午阅 Joseph Needham 李约瑟著 *Science Outpost*,谓在中国作事,行政上之困难不亚于英国。像入电力总机室,有千百开关,而无标帜以识别各开关之用途。如得适当开关,则机器始有适当一动作,大多数似无作用或暗中阻碍。偶一不慎开错了一个,则全室竟可毁灭云云(pp. 36-37)"。

1949年9月17日,竺可桢在解放后的北京,"五点至欧美同学会开自然科学工作者筹备会常务委员会。吴玉章主席,上海、杭州、武汉各地报告分会筹备会成立经过。自英新回国之黄新民报告,世界科联有意于明年秋来中国开会,现会长为 Joliot Curie,副 Bernal,秘书 Crowther。又谓 Joseph Needham 之《中国科学史》已成十分之一,于一年半内可以完成,但希望由科学机关为之审定云云"[62]。

1942—1946 年，在这段时期里，李约瑟广泛访问大学实验室、各类工厂、医院、铁路联轨站等等，总之，只要是有科学家、工程师或医生需要物质援助和精神鼓励的地方，他都去。"因此之故，几年后气象学大家竺可桢在一次演说中说，李约瑟的工作正是中国古话说的'雪中送炭'，他听了极为感动。"[63]

"在 37 岁以前，我对中国一无所知。"李约瑟于 1981 年 9 月在上海演讲时如是说。[64] 他坦承："留居中国的四年岁月，注定了我此后的命运。从此以后，除了编写一本过去西洋文献中旷古未见的有关中国文化中的科学、技术、医药的历史专书而外，别无容心。"[65] 李约瑟喜欢自称为从事"架桥工作"（鲁桂珍语），是"桥梁建造者"（黄兴宗语）。普赖斯（J. de S. Price）则赞扬李约瑟："他在两种文明之间架设桥梁，这种工作从来没有人尝试过。"[66]

因此，不难看出，在李约瑟完成从"雪中送炭"向"架设桥梁"角色转换的过程中，竺可桢起到了显著的推动作用。

三、回音——20 世纪 50 年代的互动：关于《中国科学技术史》的出版

1951 年，新中国成立一年余，1 月 13 日，"与仲揆谈李约瑟寄来《中国科学文化历史》目录事，因此谈及中国科学史应有一委员会，常川注意其事，以备将来能成一个研究室"。1 月 15 日，"今日与正之、丁瓒、慕光、何成钧等谈，拟成立一《中国科学史》编辑委员会"。1 月 20 日，"午后二点至中南海文委会汇报 1951 年科学院计划……（3）……筹备《中国科学史》之编纂"。[67] 可见，

李约瑟正在进行中的巨著，不经意间触动了竺可桢的心弦，使得20世纪50年代初就启动了新中国的中国科学史研究的建制化进程。

1954年，《中国科学技术史》（简称 SCC）第 1 卷由剑桥大学出版社出版。李约瑟在"序言"里深情地写道："我们最慷慨的赞助人是著名的气象学家、长期担任浙江大学校长（现任中国科学院副院长）的竺可桢博士，在我将离开中国的时候，他劝说许多朋友四出寻找各种版本，因此在我回到剑桥后不久，整箱整箱的书就运到了，其中包括一部《图书集成》（1726年）。我第一次认识竺博士是在贵州，当时浙江大学疏散到贵州。在那里，我开始熟悉他在天文学史方面所作的很有价值的工作。"[68]

《中国科学技术史》（第 1 卷）英文版书影

1954年，竺可桢在 7 月 26 日的日记中写道："上午接交际处交来的李约瑟著的《中国科学技术史》第一卷。此书凡七卷。李约瑟自 1942—（19）46 年在重庆为中英科学合作馆主持人以来即着手筹备，以后得王铃之助得以将资料搜集。现第一卷的 Page Proof

已印好，书面上李约瑟名下面写有 Foreign member of Academia Sinica，with the research assistance of Wang Ling，Academia Sinica & Trinity College，实际所谓 Academia Sinica 是中央研究院而非中国科学院。这一错误是否任其如此将错就错，因此书实际已在英国出版，且李约瑟在细菌战亦出了力，Foreign member 这一个名称中国科学院亦不会再用，所以让他不管亦是办法，书中 p. 242 讲到纪元后至中世纪中国对西洋技术上的供献。如 Square Pallet chain pump，Edge runner mill，Metallurgical blowing engine，Rotary fan，Piston billows，Draw loom，Wheelbarrow，Sailing carriages，Wagon mill，Breast strap & collar，Cross bar & kite，Helicopter top，Deep drilling，Cast iron，Cardan suspension，Canal lock gate，Stem post rudder 等，比西洋早五百至一千年。"

8 月 1 日，"今日在家写《中国古代科学史研究的需要》文，为应《人民日报》两个月以来的要求"。8 月 4 日，"上午把《中国科学史》文作好"。8 月 27 日，竺可桢在《人民日报》发表文章《为什么要研究中国古代科学史》，即在这篇科学史学科建设的重要文献里着意指出："英国李约瑟博士近来写了一部七大本的《中国科学技术史》(第一本已出版)，其中讲到从汉到明一千五百年当中，我国有二十几种技术上的发明，如铸铁、钻深井和造航海神舟等等技术传到欧洲。这种技术的发明、传播和它们对西方各国经济的影响是应该加以研究和讨论的。我们的农书、医书和道藏，卷帙浩繁，里面保存着不少宝贵的材料，可以提高生产，增进健康，如何把他们作科学的整理，弃糟粕而取精华，也是急不容缓的一桩事。……我国古代自然科学史尚是一片荒芜的田园，却满含着宝藏，无论从爱国主义着想或从国际主义着想，我们的历史学和自然科学工作者都有开辟草莱的责任。"[69] 9 月 2 日，"上午 9 点，开中国自然科学史委员会，到叶企孙、向达、侯外庐、侯仁之、袁翰青等"。

1956 年 7 月 9 日，竺可桢在"中国自然科学史第一次讨论会"上，发表《百家争鸣与整理科学遗产》，讲 1 小时 20 分钟。7 月 12 日，"要于 1957 年成立院的自然科学史研究室"。

1959 年《中国科学技术史》第 3 卷《数学天学地学》出版，李约瑟特意将它题献给竺可桢和李四光。[70]

四、卮言　关于竺可桢《为什么中国古代没有产生自然科学》"注四"的一个悬案:《科学时报》究竟是否、何时刊登过吴藻溪的译文?

首先来看竺可桢日记中的记录。

"1945 年 3 月 26 日，[重庆]

"十点至中央大学礼堂出席纪念周讲演，一樵主席，礼堂虽不点名而座为之满。余讲题为'中国古代何以不能产生近代科学'。先介绍 K. A. Wittfogel 之学说，以中国古代从未脱离封建制度下之生产方式，所谓亚细亚式之生产社会。自秦汉以来仍用农奴制，对于手工业不发展，与十五世纪以前之欧洲亦不能相比，故近世科学即不发达。次介绍李约瑟之学说，以地理、气候与经济、社会四者说明，以为商人阶级之没落，为我国近世科学不发达之原因。余之意见两者均各有相当理由，但主要原因尚不在此，而在于我国学以致用之主张。我国向以'明德利用厚生'为治国要事，但对为学问而学问以及求真理均置之度外，是乃大误也。故我国对于天文、数学之贡献只用于应用方面。此种传统清末曾国藩、张之洞'西学为用、中学为体'时，及目今一般人只谈国防科学者均有此观念也。"[71]

依据竺可桢的日记，1945 年，8 月 9 日，"今晚开始作《中国历史上自然科学不发达之原因》"。8 月 19 日，"晚继续作《为什么中国没有产〔生〕自然科学》一文"。8 月 22 日，"今日暑期演讲会轮到余演讲，题目《为什么中国古代没有产生自然科学》。我已将稿子大部写好，所以讲时倒反拘束。听众座满，约一百人左右。余讲七十余分钟，自九点至十点余"。

这篇著名演讲的全文，1946 年 4 月发表于《科学》杂志第 28 卷第 3 期，篇末注明"卅四年八月廿二日完稿于遵义"。竺可桢开篇即提出："为什么中国古代没有产生自然科学这个问题，近两年来很引起人们的注意。不但国人有许多议论发表，即欧美人士亦注意到这个问题。"随后，他次第引用了陈立、钱宝琮、李约瑟、魏复光（又译魏特夫）等四位先生的看法。进而指出："同样，中英科学合作馆，英国李约瑟博士，在民三十三年湄潭举行中国科学社成立三十周年纪念大会演讲里，亦以为近世科学之不能产生于中国，乃以囿于环境，即地理上，气候上，经济上，和社会上的四种阻力。地理方面中国为大陆国，向来是闭关自守，固步自封，和西方希腊、罗马、埃及之海洋文化不同。气候方面，亦以大陆性甚强，所以水旱灾患容易发生，不得不有大规模的灌溉制度，而官僚化封建势力遂无以扫除。中国经济，和社会方面，秦朝以来，官僚士大夫专政阶段停留甚长，社会生产少有进展，造成商人阶级的没落，使中产阶级人民无由抬头，初期资本主义无由发展。而近世科学则与资本主义同将产生。"[72] 这也许是竺可桢在正式发表的文章里，首次引述李约瑟的看法①。

有趣的是，魏特夫的著作对李约瑟和竺可桢都产生过影响。李约瑟在《东西方的科学与社会》中说："我早年从事生物化学的工作时，就深受魏特夫（K. A. Wittfogel）所写的《中国经济与社会》一书的影响。"

竺可桢在 1945 年 8 月 22 日浙江大学暑期演讲会上指出："抗战前数年德籍犹太人维特福格尔（K. A. Wittfogel）在他的研究中国社会的著作中，有一段专讲'中国为什么没有产生自然科学'（注四）。他开始提出一个问题。他说：'半封建主义的欧洲，在经营规模并不大于中华帝国，甚至往往小于中华工业生产的基础上，完成了许多的科学发明和贡献。这一切显然是表示了初期资本主义的各种特征，狂热地催促小资产阶级去积蓄势力的环境下所完成的。'"

竺可桢这篇文章，留下了一个令许多学者困惑至今的"注四"："《科学时报》，复刊第一期，吴藻溪译 K. A. Wittfogel 著《中国为什么没有产生自然科学》。民卅三年十月一日出版。"因为，《科学时报》的复刊第一期实际上于 1946 年 2 月出版，不仅在那一期，甚至遍查现存的《科学时报》，都未见刊登这篇译文。该译文的全文，后由王国忠先生在《科学运动文稿》中找到，被刘钝、王扬宗收入他们主编的《中国科学与科学革命》一书，编者之一还告诫对

---

① 见本卷第一期李约瑟演讲及三十四年八月十日李约瑟在重庆星期五聚餐会上《中国工业化前途》演讲。——竺可桢原注

此问题有兴趣的研究者，"如果要看魏特夫的这篇文章，不要再浪费时间去大图书馆翻那个旧的《科学时报》了"。[73]

但是，从新近（2006 年）披露的足本竺可桢日记里，那个困扰人的"注四"确实有迹可寻。1944 年 10 月 26 日，竺可桢寄吴藻溪函；11 月 10 日，竺可桢接吴藻溪函。11 月 10 日日记的提要栏，甚至记有："A. K. Wittfogel《中国为什么没有产生自然科学》。"①

竺可桢 1944 年 11 月 10 日日记的主要内容如下："阅《科学时报》，世界科学社出版，本年十月号。内载吴藻溪译《中国为什么没有产生自然科学》，Dr. A. K. Wittfogel 著，原文系德文。大意谓欧洲中世纪的封建制度告终、半封建主义时代出现的时候，社会生活的一切方面都脱离了封建制度的束缚，带着工场手工业式的资本主义逐渐开始，把时代渲染了新的色彩，而且从适应生产及日益迈进的行业中，产生了近代精密的自然科学。Radek 拉狄克 *Grundprobleme der Chinesichen Geschichte*《中国历史的根本问题》p. 22 曾经指出，欧洲产业革命以前的中国社会，和西欧的社会有某种根本的差别。中国有没有足以表现科学精华的学士院呢？翰林院到了唐朝规模已大备，但中国的学士院只掌管了历史和法令的编纂、文章的制作和考试的承办。在现时日益走向解体过程中的中国，上层阶级和最高官厅也对于自然科学发生兴趣，加以奖励，但他们所怀抱的意义却和西洋完全不同，这是千真万确的事实。除了历史科学、语言、哲学而外，中国只在天文学和数学方面得到真正

---

① 在 1984 年版摘编本《竺可桢日记》第 Ⅱ 册（人民出版社）里，有关的内容未被选编者选用。

科学上实际的成就。和工业生产有关的自然科学，不过停滞于蒐集经验法则。虽经过悠久时期，发现了许多可惊的事实。［Williams（Wells）卫三畏 *The Middle Kingdom* Vol. 2，pp. 183，178，Werner 威尔纳 *Chinese* pp. 228，225，218］从此可以知半封建主义时代，中国和欧洲彼此完全不同的相貌。精通马克斯（思）主义的历史学者一致指出，建设在奴隶制度上的古代文化，在技术上及自然科学上都是非常贫乏的。埃及在基本生产上没有进到以奴隶劳动为基础阶段，所以能为创造性的技术和数学上的工作的泉源。希腊许多自然学者，由 Thales 泰勒斯到 Pythagoras 毕达哥拉斯、Archimedes 阿基米德，都受到埃及的科学影响。M. Cantor 康托尔（*Vorlesungen uber Geschichte der Mathematik*《数学史讲义》Vol. 1 S. 113，126，253，581，Leipzig，1880）说，由欧几里得 Euclid 以至后来数学上希腊两大学派希梅尔赫罗 Heron、布托伦 Ptolemans，都在埃及学术空气中发扬了他们的成绩。古代希腊、埃及在数学上及技术上的成绩、所讨论的问题及解决问题的方法，都和中国一样。就平面测量而论，埃及数学已经超过了中国的水平。Cantor 说，中国几何学上的成就停滞于低下的水准，但在解方程式方面却有印度和埃及未曾有的进步。如求平方根法及解各次方程式法于宋朝已发现，而欧西至 1819 年 Hornor 霍纳遂有类似的方法。Werner *Chinese* pp. 224–225 由马克斯（思）主义观点，埃及是具有亚细亚式生产的社会，它的科学和技术也非常和中国相似。现在我〈以〉〔已〕明了汉代周秦之间中国何以在数学和天文学方面能达到较高的水准，假定这些科学的产生由于建筑在各种大规模的治水工程和水利工程的需要，使它成为科学成立时期。由于这点也可容易说明。埃及几何学的发达，由于需要土地测量，因为尼罗河的泛滥，冲毁了各人境界。中国在这方〔面〕的表现和埃及不同。中国代数学的（之）所以发达，由于广大面积需要大规模的国家计算事宜，如人口调查、赋税。中国思想家们的智力，并没有把处理各种工业生产问题作为根本紧急任务，而集中力量于农业上生产问题。中国自然科学各部门所以只有贫弱的发达，并非由于偶然，而是那些妨碍自然科学发达的障碍所必然造成的结果。因为在中国的物质生产的特殊基础，精神生产方面也必定有一种完全不同性质的课题占优越地位。"

　　我个人的猜测是：或许《科学时报》曾经拟于1944年10月复刊，或许都已经排印出了那篇文章的预印本或校样，甚至以某种简陋的形式在小范围发行过。译者吴藻溪乃是《科学时报》主编之一，与竺可桢和李约瑟都有通信联系。时值抗战后期，从竺可桢日记可以看出当时的形势非常吃紧："敌犯柳州外围，桂林守军恶战倭寇"（11月9日），"桂宾阳失陷。桂林巷战。柳城失守"（10日），"迁江陷落，敌向忻城进攻"（12日）。战事激烈，形势危急，《科学时报》的正式复刊不得不一再推迟。而1946年2月面世的《科学时报》复刊号，由于时过境迁人事两非，其上并未刊载吴藻溪的译文①。

① 笔者发现，围绕《科学时报》还有一个悬案："复刊号"上刊登的唐嗣尧撰写的"复刊词"，与吴藻溪早先在重庆拟就的"复刊词"，完全不一样。而自"复刊号"始，吴显然与唐分道扬镳了。也许是此种变故，吴藻溪只得把自己过去的文稿，包括魏特夫的那篇译文悉数收入他自己办的农村科学出版社出版的《科学运动文稿》中。

致谢

感谢席泽宗、刘钝、樊洪业、王国忠、王作跃、张剑诸位先生对本人写作此文的鼓励、提供资料和具体建议，感谢王兴康、王立翔、杜扬、刘渤提供相关资料。

参考文献

［1］席泽宗. 竺可桢与自然科学史研究 [C]// 古新星新表与科学史探索. 西安：陕西师范大学出版社，2002：297.

［2］XI ZEZONG. Chinese Studies in the History of Astronomy, 1949–1979[J]. ISIS, 1981: 456–470.

［3］刘钝. 剪不断的"李约瑟情结"[C]// 文化一二三. 武汉：湖北教育出版社，2006：158–162.

［4］ZUOYUE WANG. Saving China Through Science[J]. Osiris, 2002: 291–322.

［5］王国忠. 李约瑟与中国 [M]. 上海：上海科学普及出版社，1992.

［6］许为民，张方华. 李约瑟与浙江大学 [J]. 自然辩证法通讯，2001，（3）：65–68.

［7］刘钝. 时穷节乃现——读《竺可桢全集》第二卷有感 [N]. 科学时报，2004-10-14.

［8］张剑. 科学社团在近代中国的命运 [M]. 济南：山东教育出版社，2005.

［9］樊洪业. "访竺问史录"之一至之七，从人文史料角度看《竺可桢全集》[N]. 中华读书报，2004-08-25；竺可桢记"至钱锺书家"[N]. 中华读书报，2004-09-15；从竺可桢日记探究顾准生平的一个盲区 [N]. 中华读书报，2004-09-29；文澜阁《四库全书》的抗战苦旅 [N]. 中华读书报，2004-11-03；中关村早期变迁史的见证 [N]. 中华读书报，2004-11-17；原子弹的故事：应从1952年讲起 [N]. 中华读书报，2004-12-15；竺可桢对人口的终生

关注 [N]. 中华读书报，2005-01-26.

［10］吕东明. 大有价值的竺可桢日记 [C]// 先生之风山高水长——竺可桢逝世 20 周年纪念文集. 合肥：中国科学技术大学出版社，1994：190-200.

［11］杜扬. 科学史家竺可桢 [N]. 科学时报，2004-11-12.

［12］席泽宗. 钱临照先生对中国科学史事业的贡献 [C]// 古新星新表与科学史探索. 西安：陕西师范大学出版社，2002：723.

［13］何丙郁.《李约瑟与抗战时中国的科学》序 [M]. 台湾科学工艺博物馆，2000：6.

［14］鲁桂珍. 李约瑟的前半生 [C]// 李国豪. 中国科技史探索. 上海：上海古籍出版社，1986：6.

［15］竺可桢. 竺可桢全集（第 2 卷）[M]. 上海：上海科技教育出版社，2004：56-63.

［16］竺可桢. 竺可桢全集（第 1 卷）[M]. 上海：上海科技教育出版社，2004：569-571.

［17］竺可桢. 竺可桢全集（第 2 卷）[M]. 上海：上海科技教育出版社，2004：259-263.

［18］竺可桢. 竺可桢全集（第 8 卷）[M]. 上海：上海科技教育出版社，2006：228-229.

［19］竺可桢. 竺可桢全集（第 10 卷）[M]. 上海：上海科技教育出版社，2006：417.

［20］鲁桂珍. 李约瑟的前半生 [C]// 李国豪. 中国科技史探索. 上海：上海古籍出版社，1986：32-33.

［21］竺可桢. 竺可桢全集（第 9 卷）[M]. 上海：上海科技教育出版社，2006：614-616.

［22］竺可桢. 竺可桢全集（第 1 卷）[M]. 上海：上海科技教育出版社，2004：571.

［23］李约瑟.《中国科学技术史》的规划与现状 [C]// 张孟闻. 李约瑟博士及其《中国科学技术史》. 上海：华东师范大学出版社，1989：32.

［24］鲁桂珍. 李约瑟的前半生 [C]// 李国豪. 中国科技史探索. 上海：上海古籍出版社，1986：35.

［25］王钱国忠. 李约瑟传 [M]. 上海：上海科学普及出版社，2007：56.

［26］竺可桢. 竺可桢全集（第8卷）[M]. 上海：上海科技教育出版社，2006：431-432.

［27］竺可桢. 竺可桢全集（第8卷）[M]. 上海：上海科技教育出版社，2006：432.

［28］竺可桢. 竺可桢全集（第8卷）[M]. 上海：上海科技教育出版社，2006：409.

［29］李约瑟，李大斐. 李约瑟游记 [M]. 贵阳：贵州人民出版社，1999：322.

［30］段异兵. 李约瑟赴华工作身份 [J]. 中国科技史料，2004，25（3）：204.

［31］NEEDHAM J., DOROTHY NEEDHAM, ed.. Science Outpost [M]. The Pilot Press, 1948.

［32］竺可桢. 竺可桢全集（第8卷）[M]. 上海：上海科技教育出版社，2006：537.

［33］竺可桢. 竺可桢全集（第8卷）[M]. 上海：上海科技教育出版社，2006：539.

［34］竺可桢. 竺可桢全集（第8卷）[M]. 上海：上海科技教育出版社，2006：538-539.

［35］竺可桢. 竺可桢全集（第2卷）[M]. 上海：上海科技教育出版社，2004：567-575.

［36］竺可桢. 竺可桢全集（第8卷）[M]. 上海：上海科技教育出版社，2006：542-543.

［37］竺可桢. 竺可桢全集（第8卷）[M]. 上海：上海科技教育出版社，2006：552.

［38］竺可桢. 竺可桢全集（第8卷）[M]. 上海：上海科技教育出版社，

2006：553-554.

［39］竺可桢.竺可桢全集（第 8 卷）[M].上海：上海科技教育出版社，
2006：690.

［40］竺可桢.竺可桢全集（第 8 卷）[M].上海：上海科技教育出版社，
2006：555.

［41］竺可桢.北宋沈括对于地学之贡献与纪述 [C]// 竺可桢全集（第 1 卷）.
上海：上海科技教育出版社，2004：530.

［42］竺可桢.竺可桢全集（第 8 卷）[M].上海：上海科技教育出版社，
2006：697-698.

［43］竺可桢.竺可桢全集（第 9 卷）[M].上海：上海科技教育出版社，
2006：4.

［44］王钱国忠.李约瑟传 [M].上海：上海科学普及出版社，2007：104.

［45］竺可桢.竺可桢全集（第 9 卷）[M].上海：上海科技教育出版社，
2006：5，47，71.

［46］竺可桢.竺可桢全集（第 9 卷）[M].上海：上海科技教育出版社，
2006：46-47.

［47］竺可桢.竺可桢全集（第 9 卷）[M].上海：上海科技教育出版社，
2006：52.

［48］JOSEPH NEEDHAM. Science Output[M]. The Pilot Press, 1948: 252.

［49］JOSEPH NEEDHAM. Science Output[M]. The Pilot Press, 1948: 265.

［50］竺可桢.竺可桢全集（第 9 卷）[M].上海：上海科技教育出版社，
2006：73-74.

［51］竺可桢.竺可桢全集（第 9 卷）[M].上海：上海科技教育出版社，
2006：74.

［52］竺可桢.竺可桢全集（第 9 卷）[M].上海：上海科技教育出版社，
2006：245.

［53］竺可桢.竺可桢全集（第 9 卷）[M].上海：上海科技教育出版社，
2006：340.

[54] JOSEPH NEEDHAM. Science in Kweichow and Kuangsi[J]. Nature, 1945: 496–499.

[55] 郭世杰，李思孟. 李约瑟致张资珙的两封信 [J]. 中国科技史料，2003，24（2）：175–178.

[56] 竺可桢. 竺可桢全集（第5卷）[M]. 上海：上海科技教育出版社，2005：359–375.

[57] 竺可桢. 竺可桢全集（第10卷）[M]. 上海：上海科技教育出版社，2006：93.

[58] 竺可桢. 竺可桢全集（第10卷）[M]. 上海：上海科技教育出版社，2006：344.

[59] 竺可桢. 竺可桢全集（第11卷）[M]. 上海：上海科技教育出版社，2006：12–13.

[60] 竺可桢. 竺可桢全集（第11卷）[M]. 上海：上海科技教育出版社，2006：67–68.

[61] 竺可桢. 竺可桢全集（第11卷）[M]. 上海：上海科技教育出版社，2006：360.

[62] 竺可桢. 竺可桢全集（第11卷）[M]. 上海：上海科技教育出版社，2006：527.

[63] 鲁桂珍. 李约瑟的前半生 [C]// 李国豪. 中国科技史探索. 上海：上海古籍出版社，1986：36；鲁桂珍. 李约瑟小传 [C]// 张孟闻. 李约瑟博士及其《中国科学技术史》. 上海：华东师范大学出版社，1989：17.

[64] 李约瑟.《中国科学技术史》编写计划的缘起、进展与现状 [C]// 潘吉星. 李约瑟文集. 沈阳：辽宁科学技术出版社，1986：5.

[65] 李约瑟.《中国科学技术史》的规划与现状 [C]// 张孟闻. 李约瑟博士及其《中国科学技术史》. 上海：华东师范大学出版社，1989：32.

[66] 席泽宗. 杰出科学史家李约瑟 [C]// 古新星新表与科学史探索. 西安：陕西师范大学出版社，2002：586–587.

[67] 竺可桢. 竺可桢日记（第Ⅲ册）[M]. 北京：科学出版社，1989：

142-144.

［68］李约瑟.《中国科学技术史》第一卷总论 [M]. 北京：科学出版社，1975：25.

［69］竺可桢. 竺可桢全集（第 3 卷）[M]. 上海：上海科技教育出版社，2004：182-183.

［70］JOSEPH NEEDHAM. Science and Civilisation in China[M]. Cambridge University Press, 1959(3).

［71］竺可桢. 竺可桢全集（第 9 卷）[M]. 上海：上海科技教育出版社，2006：359.

［72］竺可桢. 为什么中国古代没有产生自然科学？ [C]// 竺可桢全集（第 2 卷）. 上海：上海科技教育出版社，2004：628.

［73］刘钝，李约瑟. 科学、正义与进步 [C]// 文化一二三. 武汉：湖北教育出版社，2006：68.

原载《广西民族大学学报（自然科学版)》2007 年第 13 卷第 3 期，第 36—48 页，中文、英文摘要从略。

宝藏正在启封

——访《竺可桢全集》编委潘涛博士

在上个月举行的"2007上海书展"上，一套《竺可桢全集》虽然还没有出齐，却受到了读者的普遍关注。这或许是因为，科学家的全集一般是以汇集作者的学术著作为主，而《竺可桢全集》却与众不同——全书预计出20卷，其中有14卷是作者从1936年到1974年间的日记，分量超过《全集》的2/3，总字数达1000万。公开出版作者生前秘不示人的日记有何意义？如此大篇幅的日记有哪些看点？带着这些问题，记者日前专访了《竺可桢全集》编委兼出版编辑组组长、上海科技教育出版社副总编辑潘涛博士。

日记里 他不仅是一位科学家

"我们开始也没有预料到这件工作如此之艰巨，因为这位科学宗匠的日记内容实在太丰富了。"对编辑出版《全集》特别是其中的日记部分的难度，潘涛毫不讳言。《全集》自2004年开始出版，2005年开始出日记部分，2006年出版第8—11卷，至此日记的新中国成立前部分出齐，总的进度并不算快。

作为一位杰出的气象学家、地理学家和教育家，竺可桢的学术成就、科普贡献和教育思想都早已为人熟知。但人们可能并不知道，这位取得辉煌成就的学者，毕生还在坚持构筑另一件庞大的工程——从 1913 年夏季他进入哈佛大学读书，直到 1974 年 2 月他去世的前一天，他记了 60 多年的日记。可惜的是，由于战乱等原因，这 2 万多天的日记几经散失，保存至今的是 1936 年到 1974 年的大部分日记。由于作者学贯中西、兼通文理、阅历丰富、交游广泛，他的日记完全跳出了专业学术的圈子，不啻为一部近现代中国的"百科全书"。从涉及内容看，大到国际政治、军情战报、经济态势，小到子女体重、列车时刻、演出剧情，还有大量的学术探讨、读书心得；从"出场"人物看，无论政界要员、科学大师，还是青年学生、普通工人，均跃然纸上。竺可桢的日记可以看作是 20 世纪 30—70 年代社会变迁的一个缩影；更有人认为，其中 1949 年以前的部分不妨当作浙江大学的校史来看，1949 年以后的部分则可视为中国科学院院史的真实记录。

记日记　他犹如在做科学研究

"竺可桢是用做科学研究的严谨态度来记日记的。"潘涛深深为科学前辈的认真精神所打动。他递给记者一张竺可桢日记手稿的影印件，乍看更像一篇精心雕琢的论文，其中时间驻地、天气物候、记事（时事）提要、日记正文、收发函电等 5 项内容井然有序。

"他有一个好习惯：小本本随身带。"潘涛解释道，今天我们看到的日记条理如此清晰，记述如此翔实，一定程度上因为竺可桢有随身携带记事本的习惯，随时记录备忘，等写日记时就有据可查，脉络清楚了。"这小本本还派了大用场"，潘涛透露，将来要出版的新中国成立后日记，有两年因为日记本丢失，只能依照草稿本加以弥补了。

竺可桢记日记时还有几个习惯：如每一年的日记后面附有当年大事提要，这好比给自己的著作编一个详细的目录；再如，他的日记一般是在当天晚上或者次日清晨写的，如果内容有疏漏，日后会非常清楚地加以补注，写明补注的时间，但几十年的日记竟没有一页撕毁或者覆盖。

读日记　无数珍宝藏于他笔下

前不久，潘涛在第 11 届中国科技史国际研讨会上提交了一篇题为《从"雪中送炭"到"架设桥梁"——竺可桢 20 世纪 40 年代日记中的李约瑟》的论文，在会议上介绍了《竺可桢全集》的出版情况，引起业界的浓厚兴趣，专家纷纷表示，今后将开展类似的研究。

"我这项研究不过是从竺可桢日记这汪洋大海里舀了一瓢水。"潘涛的话虽然不乏谦虚，但也确是事实。由于竺可桢日记的时间跨度长、涉及范围广，记的态度又高度认真，有心人尽可以从中挖掘宝藏。仅"竺可桢某年代日记中的某人"这种模式，就有大量精彩的文章可做。

"日记中关于物候、气象的记载固然十分详细，这部分也为人熟知，"潘涛认为，"但竺可桢对其他方面的情况也十分留心，择要记载，要从多个角度看他的日记。"记者注意到，可能是出于一位自然科学家的职业习惯，日记里的数字特别多，比如 1948 年、1949 年这两年的日记中，关于当时物价的记载几乎随处可见，这些鲜活的数据是研究那段时间经济的第一手材料。

著名党史专家、自然辩证法专家龚育之先生 2004 年在《竺可桢全集》（1—4 卷）出版座谈会上曾经指出："我特别关心竺老的日记……这么大的篇幅记录了几十年的历史……对我们中国的近代、现代历史，一定会有很详细的、很具体的记载，不光是反映他的一生，也从一个侧面反映了这个时代。"诚哉斯言。

刊于《上海科技报》2007 年 9 月 19 日 B1 版，记者宋世涛。

行进在狭路上的混杂学家

> 在沿着这条回避盲目定律与无常事件之间激动人心抉择的窄道时，我们发现了在此之前"从科学的网孔中滑过"的我们周围的大部分具体世界。
>
> ——《确定性的终结》

什么是时间之源？时间是起源于大爆炸，还是先于我们的宇宙而存在？在一个确定性世界里，我们如何构想人的创造力或行为准则呢？宇宙是否由确定性定律所支配？时间的本质是什么？在确定性的原子世界里，人类自由的含义是什么呢？在决定论之外我们还能怎么做呢？如果科学不能将人的经验的一些基本方面结合在一起，那么科学的目的是什么呢？我们怎么维持时间可逆的物理学观点呢？"环境"指什么？谁在客体与其环境之间做出区分？是谁在测量宇宙？为什么我对时间难题如此着迷？为什么经过这么多年才建立起它和动力学的联系？什么是这种随机性的起源呢？生命系统或者城镇中的结构是如何在非平衡条件下产生的呢？非平衡定态是真正稳定的吗？如何把这些在近平衡情况下成立的结论外推到远离平衡态呢？什么是涨落之源？我们如何能够调和它们的性态与基于自然法则传统表述的确定性描述呢？如果存在一个以上的描述，那么谁来选择正确的描述呢？我们如何将概率性过程与动力学联系起来呢？水在变老吗？我们怎么理解个体描述与统计描述之间的差异呢？在量子定律所支配的世界里，我们怎样用经典术语描述仪器呢？为什么存在一个共同的未来？为什么时间之矢总指向同一方向？我们可以接受大爆炸为一个真实事件吗？为什么有某种事物，而不是什么都没有呢？（Why is there something rather than nothing?）我们如何才能达到确定性呢？如果科学受限于经验事实，那么如何能设想否定时间之矢呢？

　　以上这一系列发问、设问、反问、质问、疑问、自问，散见于一本百余页的小册子《确定性的终结——时间、混沌与新自然法则》（以下简称《确定性的终结》）中，作者是当代著名科学家、科学思想家普利高津（亦译普里戈金、普里戈京）。显而易见，缠绕于这位大科学家头脑中的这些问题，远远超过了我们平常所理解的科学范畴，与其说它们是科学问题，不如说它们是哲学问题、文化问题。

《确定性的终结——时间、混沌
与新自然法则》英文版书影

《确定性的终结——时间、混沌
与新自然法则》中文版书影

今年 5 月 28 日，普利高津逝世于布鲁塞尔，享年 86 岁。回顾他的一生，尤其是他自 20 世纪 80 年代以来的科学历程，深感普利高津不仅仅是当代卓有建树的自然科学家，更是当代伟大的自然哲学家、人文主义者。

时间啊，时间

1977 年，普利高津获得诺贝尔奖，化学这个老本行已经做到了巅峰。从那以后，一方面，他仍然继续主编《化学物理学进展》这个系列学术文集，从 1958 年到 2003 年已出至第 121 卷，守住了他的学术基地。另一方面，20 世纪 80 年代以来的普利高津，这位昔日的"热力学诗人"摇身一变，用现在时髦的话语，变得越来越像一个到处兜售科学人文观念乃至信念的"科学文化人"。

尤其值得注意的是，普利高津明确提出，我们正经历一个重新估价科学方法的地位和意义的科学革命时期。

科学革命，这个字眼、这个大词，不知令古今中外多少正宗科学家（real scientist）、民间科学家（folk scientist）、准科学家（quasi-scientist）、好科学家（good scientist）、坏科学家（bad scientist）、假冒科学家（bogus scientist）、狂人科学家（crazy scientist）、病态科学家（pathological scientist）、反科学家（anti-scientist）、赝科学家（pseudo-scientist）魂牵梦萦、辗转反侧。科学革命，多少戏剧假汝之名在轮番上演。

在以塞亚·伯林《反潮流》一书的导言里，曾提到西方科学的奠基者"寻求包罗万象的图式"。但在普利高津眼里，科学革命有着非同寻常的含义。用传统方式表述的物理定律，其所描述的是一个理想化的稳定的世界，一个与我们所生活的动荡的、演化的世界完全不同的世界。在普利高津看来，人们不应该在科学与反科学的形而上学自然观之间做非此即彼的选择。时间和决定论的难题造成了科学与哲学之间的分裂，即 C. P. 斯诺的"两种文化"之间的分界线。自然法则，如果其表述不考虑时间、不可逆性的建设性作用，绝不可能让人满意。

于是，时间成了普利高津百思不解、为之奋斗终生的难题之一。"我常常就时间的含义问我的老师，但他们的回答相互矛盾。"普利高津青年时的梦想，乃是"献身于解决时间之谜来求得科学与哲学的统一"。康德、怀特海、海德格尔等西方传统中最伟大的思想家，都不得不在"异化的科学"与"反科学的哲学"之间做出悲剧性的选择。他承认，为了在微观层次上探索时间的概念，不知度过了"多少个不眠之夜"。

有一次，普利高津在莫斯科的罗蒙诺索夫大学参加物理学会议。会后，他被请到一面特殊的墙壁跟前。墙壁上有大物理学家狄拉克、玻尔等人的题词。普利高津略一踌躇，写下一句惊世骇俗的话："时间先于存在。"普利高津对霍金在《时间简史》里描绘的所谓"虚时间"（一个玩具式的模型，何祚麻语）多次表示不以为然，他在《确定性的终结》里用专门一章来论证，尽管我们的宇宙有年龄，产生我们宇宙的介质却没有年龄；时间没有开端，也许亦无终点；我们确实是时间之矢之子、演化之子，而不是其祖先。

普利高津反对决定论，认为我们对宇宙了解得越多，就越难相信决定论，哪怕其立场危险地接近科幻小说的实证知识。他提倡一种更加辨证的自然观，"我们这个时代可以视为用我们的世界观探索一种新型统一的时代"。他"像一位古代阿尔戈英雄"（《湍鉴：浑沌理论与整体性科学导引》，以下简称《湍鉴》），三十年如一日孜孜不倦地探求混沌产生秩序的奥妙，寻求他的"金羊毛"。有人问，是什么促使他走上科学革命的道路，普利高津回答："我一生都相信偶然性和随机性的作用。"

由此，对普利高津说来，科学也只是"人与自然的一种对话，这种对话的结果不可预知"。确实，在 20 世纪初，谁能想象到不稳定粒子、膨胀宇宙、自组织和耗散结构？而普利高津更把"我们必须为科学与社会间的沟通打开新渠道"作为自己的追求目标。

理论传播与影响

在"推销"耗散结构理论的热潮中，出版界功不可没，普利高津本人亦不遗余力。法国伽利玛出版社将普利高津与斯唐热合著《新的联盟》列入"科学人文名著丛书"于 1979 年推出，当即在法语世界引起轩然大波，"它的出现在知识界的许多权威人士中激起了一场了不起的任人畅所欲言的科学大论战，其涉及面之广，包括了昆虫学和文艺评论这些截然不同的领域"。此书的导言《对科学的挑战》的中译文，先行发表于《普利高津与耗散结构理论》，后来也许成了传播最广的一篇普氏经典文献。为了冲击英语世界，普利高津搬动了未来学"大腕"，《第三次浪潮》的作者托夫勒为《新的联盟》的英文版作序。而托夫勒果然"武艺高强"，为之写了一篇颇为煽情、篇幅远远超过原著序言的序言《科学和变化》（中译文足足有 21 页！），并在其中不掩饰地为普利高津打抱不平："这本书已经出版或将要出版十二种语言的版本，它费了这么长的时间才越过大西洋，这正说明了美洲在思想上褊狭和文化上傲慢的程度。"

对于中国读者来说，普利高津的名字并不陌生。早在 1960 年，普利高津的著作《不可逆过程热力学导论》就已由科学出版社翻译出版；1979 年 8 月，普利高津来我国西安参加"第一届全国非平衡统计物理学术会议"；1982 年，《普利高津与耗散结构理论》在西安出版，肇始了持续十余年的"耗散结构理论旋风"。20 世纪 80 年代，国内许多理论文章中几乎到了"言必称耗散结构"的地步。在当时所谓"新三论"（耗散结构理论、协同学、突变论）的提法中，耗散结构理论是领头羊。时至今日，这一理论仍然未被忘却。比如，最近有学者在《非典型肺炎的物理分析与人的错觉分析》一文里继续引用普利高津的耗散结构理论。

《新的联盟》的英文版 Order out of Chaos 于 1984 年在美国出版，中文版《从混沌到有序——人与自然的新对话》（以下简称《从混沌到有序》），则于 1987 年由上海译文出版社推出，首印九万册。普利高津的另一部专著 From Being to Becoming，于 1980 年就在美国出版；中文版《从存在到演化——自然科学中的时间及复杂性》（以下简称《从存在到演化》），1986 年由上海科学技术出版社出版。普利高津 1979 年中国之行可谓"不虚此行"，他将《从存在到演化》和《从混沌到有序》的英文打字稿交给了中译者，播下了此后国内"耗散结构热"的种子。《非平衡系统的自组织》和《探索复杂性》，1986 年分别由科学出版社和四川教育出版社出版。普利高津在后者的"序"里开篇即言："无论我们专心致志于哪种专业，都无法逃避这样一种感受，即我们生活在一个大转变的年代。我们必须寻求和探索新的资源，更好地了解我们的环境，并与大自然建立一种较少破坏性的共存关系。"

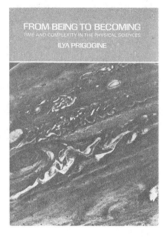

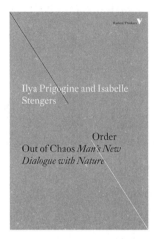

《从存在到演化——自然科学中
的时间及复杂性》英文版书影

《从混沌到有序——人与自然的
新对话》英文版书影

普利高津的耗散结构理论所以在20世纪80年代风行大江南北，也许与当时的"文化热"和普利高津对中国文化的推崇有关。

普利高津与中国自然观的第一次接触，令他终生难忘。那是1953年，他第一次到日本，见到汤川秀树。汤川秀树对他说，"听起来也许奇怪，身为一名物理学家，我却越来越强烈地感受到现代物理学与我自身的疏远"。此话令普利高津大发感慨："他是西方传统中最成功的科学家，可他并不接受西方的自然观。"普利高津坦陈，汤川秀树对中国的自然观的强调，对他触动不小。

"天其运乎？地其处乎？日月其争于所乎？孰主张是？孰维纲是？孰居无事推而行是？意者其有机缄而不得已邪？意者其运转而

不能自止邪？"《庄子·天运》中的这段话，普利高津多次引用。在《从混沌到有序》一书中，普利高津认为中国文明对人类、社会与自然之间的关系有着深刻的理解，说中国的思想对于那些想扩大西方科学的范围和意义的哲学家和科学家来说，始终是个启迪的源泉。

有趣的是，科学史学、科学哲学、科学社会学这三界近年十分活跃的科学文化人皆对普利高津的思想有所感悟。"一段时间以来，在出版物中，以'终结'作为标题的书籍似乎总是受到特殊的关注。"（刘兵：《终结者的反思》，《驻守边缘》，青岛出版社，2000 年）"普利高津自觉自己的使命是调解对峙了许久的双方，而不是实现对经典模式的全盘否定。"（吴国盛：《时间的观念》，中国社会科学出版社，1996 年）"'从混沌到有序'的叫法容易产生误解，使人觉得混沌与有序是截然对立的，在价值取向上倾向于后者。"（刘华杰：《浑沌①语义与哲学》，湖南教育出版社，1998 年）"普利高津把从前的思想又向前推进了一步，提出了一些在根本问题上与其他当代大科学家如霍金等人相左的观点。这些观点的革命性是无疑的。"（田松：《梦想与创造的自然法则》，《堂吉诃德的长矛——穿过科学话语的迷雾》，上海科技教育出版社，2002 年）难怪有人觉得，普利高津是不可多得的诺贝尔奖级的科学文化人。

直面敌视的混杂学家？

晚年的普利高津，经常应邀为各种作品写序。从这些序言中，

----

① "浑沌"即"混沌"，因系书名，仍保留"浑沌"，下同。

《驻守边缘》书影

《时间的观念》书影

《浑沌语义与哲学》书影

《堂吉诃德的长矛——穿过科学话
语的迷雾》书影

往往不难窥见他本人不减当年的勃勃雄心。普利高津这样介绍
《混沌与秩序》一书的作者，"他抛弃了一种支离破碎的宇宙观，也
拒绝成为各种先见教条的囚徒"，这简直就是普利高津自己的内心
写照。

　　对普利高津的评说，可谓仁者见仁，智者见智。里夫金说，他
抓住了改造科学的实质（见《熵：一种新的世界观》）；曾国屏则
认为，他"把自己融入时间河流之中，在对演化统一性的求索，在
力图重新发现时间、解决过程世界和轨道世界矛盾的科学事业中，
自觉地靠近了《自然辩证法》"（《自组织的自然观》，北京大学出版
社，1996 年）。但也有人认为普氏虽然对耗散结构有贡献，但他的
论点给人以误导（欧阳莹之语）。比如时间（time）、混沌（chaos），
以及众说纷纭的复杂性（complexity）——一个容易使人望文生义，
引发种种伪科学议论的概念（郝柏林语）。由于混沌往往与复杂性
纠缠不清，《科学的终结》的作者干脆杜撰了一个怪词"混杂性"
（chaoplexity），以此来称呼搞混沌与复杂性研究的科学家。于是，那
些熟悉普利高津著作的自然科学家，其中不乏背诵过普利高津语录
的青年一代"混杂学家"，竟然对普利高津不大恭敬，指责他自高
自大，对自然科学没有做出什么具体贡献，不过是重复了别人的实
验并夸大其哲学意义，同其他诺贝尔奖得主相比，普利高津应该是
最不够格的一个。

　　显然，像所有试图推翻旧的理论，试图发起科学革命、构建科
学创新体系的先驱者一样，普利高津的思想有时并不被人所理解，
甚至受到某些科学家的敌视。在霍金看来，普利高津之所以受到科
学家们的敌视，很可能是因为他揭示了 20 世纪末自然科学的阴暗

面，甚至从某种意义上说是掘就了科学的坟墓。而八十高龄的普利高津本人，也豁出去了，在他着手准备《确定性的终结》的英文版时，在书中直言不讳"所遇到的敌意"，而且还直接批评霍金《时间简史》的谬误，指出我们并未到了接近了解"上帝意志"的终结时刻，宣称"我们确实处于一个新科学时代的开端，我们必须参与明天社会的建设"。

《自组织的自然观》书影

　　其实，也许如姜奇平所认为的，"历史上会把普利高津评价在哥白尼、牛顿水平上，超过爱因斯坦的地位。随着信息社会的日益发达，普利高津的历史地位，肯定还会进一步看涨，最终达到哥白尼加牛顿的水平"。或许如吴国盛所言，"普利高津这位当代最伟大的自然哲学家，以及他的新生代的科学同行们，将会被历史认定为这场科学革命的先驱，尽管他们像一切先驱者那样总会遭到传统科学共同体的敌视，也无法真正摆脱自己的出身（比如人们总要强调普利高津是一个诺贝尔奖获得者）"。如今，斯人已去，对普利高津的评说，就留给仍然在学术狭路上搏杀的各路武林人士了。

原载《文景》第十辑，第 8—11
页，上海书店出版社，2003 年 7 月。

卡尔·萨根：黑暗中的明烛

"遭遇"卡尔·萨根

我念大学三年级时，虽说已如饥似渴地看了不少专业之外的文章，但尚不知世上还有卡尔·萨根式的"高人"。有一天偶然从同学处借到一本《伊甸园的飞龙——人类智力进化推测》，看后犹如茫茫黑暗中无处觅钥匙的人，突然得见一盏明亮的蜡烛，心里豁然开朗。当时留下深刻印象的有两点：一是科普大师艾萨克·阿西莫夫对此书的评价："卡尔·萨根具有米达斯点物成金的魔力。任何题材一经他手就会金光闪闪，《伊甸园的飞龙》一书就是范例。"二是这本书最后一章的标题："知识就是我们的命运"。

大学毕业后两年，在一家古旧书店又与卡尔·萨根不期而遇，如获至宝般捧回他的杰作《布鲁卡的脑——对科学传奇的反思》。了不起的卡尔·萨根在书中第3章仅用寥寥数十页竟把"改变世界的伟人"爱因斯坦刻画得栩栩如生！爱因斯坦的名言"上帝不会与宇宙掷骰子"自此印入我的脑海。

重返校园一年，国外传来卡尔·萨根1996年新著《魔鬼出没的世界》出版的消息，极想一睹为快。思虑再三，于1996年9月致函卡尔·萨根，表达拟将此书译介给广大中国读者的愿望，其时我丝毫未料到卡尔·萨根正在病榻之上。及至年底，莫名来由产生了一种冲动：尽快将以前试译的卡尔·萨根新著精彩片段整理发表出来。于是就有了 1997 年 1 月 3 日《中国科学报》刊发的拙译《卡尔·萨根论科学与迷信、伪科学——〈鬼怪作祟的世界〉片断》，1 月 15 日《人民日报》以《卡尔·萨根论科学与伪科学》为题部分转载，那时我更不知一代科普巨匠卡尔·萨根已不幸离开人寰！

研读卡尔·萨根

初读《伊甸园的飞龙》时的感受令我难以忘怀，我惊异于一位行星科学家拥有如此博大的胸怀，对人类智力进化史的探讨"如此有趣、如此迷人"。当时还不太理解卡尔·萨根为何在书末直率地批评"各种形式的边际科学、民间科学或假科学、玄学和巫术"，

《伊甸园的飞龙——人类智力进化推测》英文版书影

《伊甸园的飞龙——人类智力进化推测》中文版书影

为何说那些学说（包括占星术、百慕大三角之谜、关于飞碟的传说、对古宇航员的信念、幽灵摄影术、金字塔传说、基督教科学派、意念外科学、现代"预言书"、维利柯夫斯基的灾变说、唯灵论和特创论等等）"缺少知识的严密性，缺少怀疑态度，往往都以主观愿望取代科学验证"。

次读《布鲁卡的脑》，其中第二部《反论家们》尤其是第 5 章"梦游病患者和神秘论贩子"让我恍然大悟，我渐渐学会了如何用"怀疑 – 批判的头脑"（恩格斯语）来看待种种"神灵世界中的自然科学"。卡尔·萨根告诉我们，"通过装神弄鬼而赚大钱"的神秘论贩子古已有之。1852 年伦敦出版过一本名叫《超常的幻想和群众的疯狂》的书 ①，"它使我们了解到，

《超常的幻想和群众的疯狂》英文版书影

————————————

① 　查尔斯·麦基（Charles Mackay，1814—1889）的这部名著 *Extraordinary Popular Delusions & the Madness of Crowds*，也许因早已成为公版书，成为出版界的"癫狂"现象，竟然有十多种中译本：《大癫狂——非同寻常的大众幻想与全民疯狂》（北京邮电大学出版社，2009 年）、《非同寻常：欧洲历史上最荒唐可笑的群众性狂潮》（中国市场出版社，2006 年）、《财富大癫狂——集体妄想及群众疯潮》（中国人民大学出版社，2011 年）、《可怕的错觉》（新世界出版社，2008 年）、《大癫狂》（电子工业出版社，2013 年）、《异常流行幻象与群众疯狂》（财讯出版社，2007 年）、《人类愚昧疯狂趣史》（漓江出版社，2000 年）、《大癫狂：群体性狂热与泡沫经济》（民主与建设出版社，2016 年）、《异常流行幻象与群众疯狂》（大牌出版社，2017 年）、《非同寻常的大众幻想与全民疯狂》（万卷出版公司，2010 年）、《财富大癫狂——集体妄想及群众疯潮》（天窗出版社，2010 年）、《大癫狂》（专业解读版；人民邮电出版社，2017 年）。

以往的人们是怎样受骗的"。由于"在过去百年内——无论是好或是坏——科学在民众的心目中，都是作为洞察宇宙奥秘的基本手段而呈现出来的，所以，我们可以预料，当代的许多欺骗者会玩弄科学的伎俩。而且，事实上他们也正是这样做的"。

卡尔·萨根逐节透彻分析了灵魂出窍、鬼魂说话、加的夫巨人、聪明的汉斯、梦兆等边际主张，认为对其正确的解释不外乎两类：有意欺骗（通常是图谋发财）和自我欺骗，指出"我们无须高深的物理知识，就会对现代唯灵论的假面目产生怀疑，然而，这些骗局、蒙骗行为和误解居然迷惑了千百万人"。

再读《魔鬼出没的世界》这部宣传科学思想、抨击伪科学的力作，更使我加深了对科学究竟是什么的认识。卡尔·萨根在第1章"最珍贵的东西"里，概述了世界各地的伪科学和神秘主义泛滥事例，特别提到"中国政府和中国共产党对这种情况已有所警觉"，并援引了1994年12月5日发布的《中共中央国务院关于加强科学技术普及工作的若干意见》中的一段话："……必须从社会主义现代化事业的兴旺和民族强盛的战略高度来重视和开展科普工作。贫穷不是社会主义，愚昧更不是社会主义。"

卡尔·萨根坦言，这本书反映了他终生对科学的热爱。从剖析所谓"月亮上的人和火星上的脸"、外星人入侵和绑架、UFO报告和幻觉到考察"鬼怪作祟世界"的历史渊源，表现了卡尔·萨根作为一名正直的科学家强烈的社会责任感。该书第12章专门讨论"鉴别胡言乱语的技能"，以及应当避免的逻辑和修辞"陷阱"。他认为，如果政府和社会丧失批判性思考的能力，其结果将是灾难性的，第13章开列了形形色色的西方伪科学和迷信"代表"数十种，第 14 章着重论述反科学现象……研读此书犹如接受科学精神、科学思想、科学方法和科学思维的洗礼，让人茅塞顿开。

卡尔·萨根虽然走了，但这位伟大"科学教师"的作品将长留人间，激励我们不懈地探求。

原载《中国科技月报》2001 年第 2 期，第 52—53 页。

集异璧之大成 聚奇思之精华

——商务印书馆悄然推出科普巨著

1997年5月21日，一部集聚了作者、译者、编者十数人十余年智慧结晶的不同凡响的科普巨著《哥德尔、艾舍尔、巴赫——集异璧之大成》（以下简称《集异璧》）由刚刚度过百年华诞的商务印书馆悄然推出，引起学界瞩目。"觅之，自有所获。"笔者觅得《集异璧》背后许多感人至深佳话与读者共享。

一个奇才的一部奇书

"我之所以从事科学工作，是因为小时候我有强烈的好奇心，觉得科学似乎充满了深邃的神秘的东西。起初，我为数和数的性质、原子和组成原子的粒子，还有光子及其他更加玄妙的微观世界居民所吸引。后来，我又被语言和音乐的奥秘弄得神魂颠倒，同时对电脑和逻辑极感兴趣；那些多种多样的兴趣使我醉心于知觉、概念和创造性。"此为《美国科学家》杂志1988年邀请75位著名科学家撰写的"成为一名科学家的75个原因"之51，作者是印第安纳大学认知科学和计算机科学教授兼概念与认知研究中心主任道格拉斯·R.霍夫斯塔特，一个集高深科学素养和精湛艺术见解于一身的奇才，自拟中文名字侯世达。

上述自白绝非虚言，有书为证——《集异璧》。侯世达 1945 年出生于一个书香门第，其父罗伯特·霍夫斯塔特因首先揭示质子和中子结构而获得 1961 年诺贝尔物理学奖，闻名遐迩。在《集异璧》于 1979 年问世、1980 年获奖以前，侯世达尚属无名小辈，捧着这部聚科学奇思和艺术妙想为一体的书稿到处奔波，连遭诸多出版商的冷遇。幸而"伯乐"马丁·凯斯勒相中了"千里马"，《集异璧》终于"脱颖而出"。

《哥德尔、艾舍尔、巴赫——集异　《哥德尔、艾舍尔、巴赫——集异
璧之大成》英文版书影　　　　璧之大成》中文版书影

《集异璧》缘何称奇？有言可佐："读者打开的这本书是一本空前的奇书。在计算机科学界，大家都知道这是一本杰出的科学普及名著，它以精心设计的巧妙笔法深入浅出地介绍了数理逻辑、可计算理论、人工智能等学科领域中的许多艰深理论，然而当你翻阅他的时候，首先跳入眼帘的却是艾舍尔那些构思奇特的名画以及巴赫那些脍炙人口的曲谱，然后，你合上这本书的时候，竟会看到封面

上印着'普利策文学奖'的字样。"这一言简意赅的概括是马希文教授为该书中文版所写"译校者的话"的开篇语。

一群北大人的一出恢宏合奏

马希文自愿出任翻译《集异璧》这一恢宏合奏的"指挥",可谓再合适不过。他 1959 年毕业于北京大学数学力学系后留校任教,1979 年作为"文革"后第一批公派赴美访问学者在斯坦福大学计算机科学系与人工智能学科的创始人约翰·麦卡锡共事,在人工智能的逻辑和自然语言研究方面颇有建树,回国后与语言学家朱德熙先生共同创建北京大学计算语言研究所。

《集异璧》英文版和中文版封面上引人注目的两个"三字件"各向三个正交方向投影分别得"GEB—EGB"和"集异璧—异集璧"字样,前者是作者用带锯制作的实物,后者是译者之一刘皓明(时为北大中文系研究生)妙手绘制的"译品"。G 指代"三巨人"之工作中的哥德尔定理,这个被"现代计算机之父"冯·诺依曼称为"最为值得铭记的结果",其重要性和艰深度不亚于爱因斯坦的相对论。美籍华裔数理逻辑学家王浩对哥德尔的思想素有研究,他对《集异璧》推崇备至,分别向当时在美访问的马希文和唐稚松做了推荐。中科院院士、中科院软件研究所研究员唐稚松先生告诉笔者,他不但恰巧与侯世达在同一个办公室工作过,共同讨论汉字处理的计算机化问题,而且他是第一个将作者签名赠送的《集异璧》原著带回国内,交给北大翻译小组的人。唐先生认为此书对青少年的思维训练大有益处。

北大计算机系吴允曾教授力主把《集异璧》译成中文，并具体指导翻译小组的工作，为此付出了极大的心力。翻译小组的成员郭维德、樊兰英、郭世铭、王桂蓉、严勇、刘皓明、王培等皆为北大学子或教师，他们虽然介入的时间和程度不同，却都郑重其事。其中郭维德（1962年考入北大物理系）是最早介入（吴教授最早找他译）和最后通校全书的译者。郭维德向笔者介绍了逻辑学界的学术渊源和师承关系：中国现代逻辑学的鼻祖首推金岳霖先生，其后的两位逻辑学大师王宪钧和沈有鼎的最得意的门生就是王浩。沈先生曾经请在北大执教的马希文担任其研究生郭维德的论文导师，故郭也是马的学生。马希文风趣地说，地地道道"马祖"的他也因此入了"金门"。

谈到这本书时，郭维德说侯世达是那种不可多得的天才式学者，这一点很像自小以"神童"闻名北大的马希文。马希文在北大读数学的时候，其现代汉语语言学造诣就备受中文系王力先生赞赏。而郭维德在北大学生乐队师从马希文学习的音乐基本理论（从和声、对位、配器、作曲到指挥），后来在移译通篇贯穿了巴赫音乐的《集异璧》时也派上了用场。

一位真正学者的一个夙愿

由于原著行文中无处不在的精妙文字游戏及结构上前所未有的独特写作手法，使得把《集异璧》译成其他任何一种文字都近乎不可能实现地艰难。中国学者和世界许多国家的学者接受了这一挑战。目前,《集异璧》已出版中文、丹麦文、荷兰文、法文、德文等 10 种译本,唯有《集异璧》中文版包含不同寻常的意义:侯世达对这部中译本给予了特殊的关注,几次委派他的朋友和助手,精通中文的莫大伟先生"出使"中国参与译事,还与吴允曾教授在美国就该书移译工作做过深入的学术探讨。吴教授因病去世后,作者、译者、编者协力完成他的未竟之业,并将中文版题献给吴允曾教授,以表达对他的怀念。

20 世纪 80 年代初,吴允曾教授把王浩和他本人对《集异璧》的看法告诉商务印书馆哲学编辑室的编辑,敦请商务出版《集异璧》中文版,商务经研究后"立项",由此开始了十年磨一剑的历程。编者告诉笔者,商务印书馆历来重视出版有学术价值的自然科学总论性质的科普论著,所以很看重《集异璧》。

吴允曾是我国卓有贡献的数理逻辑学家和计算机科学家。他1918 年生于杭州,1940 年就读于燕京大学哲学系,1952 年起先后在北京大学哲学系、数学系和计算机科学系任教,原北京大学校长、数学家丁石孙教授称他为"一位真正的学者"。吴教授晚年频频出访,组织移译《集异璧》仅仅是他致力国际学术交流的一个缩影。

王浩在 1994 年(去世前一年)深情地写道:"我的启蒙老师金岳霖、沈有鼎、王宪钧都先后离开了人世。他们是现代中国建树哲学、传播逻辑的先驱。我衷心盼望他们的事业后继有人。"吴允曾先王浩 8 年故去,弟子们敬送的挽联如是颂曰:"深研数理逻辑,潜心软件钩玄,为国增辉,先生易箦悲何既;矢志中华腾飞,献身科教事业,鞠躬尽瘁,绍志光前待后人。"可以告慰吴允曾教授在天之灵的是，商务印书馆在他逝世 10 周年之际正式出版了他魂牵已久的《集异璧》，"后来人"将实现他"中华腾飞"之夙愿。

原载《中华读书报》1997 年 9 月 17 日第 9 版《科技视野》。原文正题为"商务印书馆悄然推出科普巨著"，肩题为"集异璧之大成　聚奇思之精华"。今将原肩题改为正题，原正题改为副题。

以流利之文笔　写科学之妙谛

——记数学科普作家斯图尔特

1928 年 5 月，蔡元培为《科学丛谈》（尤佳章译）作序如下：

自清末傅兰雅、华蘅芳辈翻译科学书以还，近年译述之者稍多，然教科为多，参考者少；参考书中，高深者多，浅显者少；浅显之中，枯索无味者多，引人入胜者少。科学本严整切实之学，倘无引人入胜之方，则教者谆谆，听者藐藐。余每见吾国中学学生，视算学、物理等科为畏途，高中毕业，则入政法经济科者多，入理化工程科者少，此因太半学生畏惮科学之心，已养成习惯故也。而所以养成此习惯者，科学书籍之过于严谨枯燥，不足以引起兴味也。今读尤君此书，兴趣盎然，如晤良朋，倾谈一室，以流利之文笔，写科学之妙谛。学者得此为考参，何虑不发起其爱好科学之心，更何虑不能循序渐进，登科学之堂，入科学之室乎！其有助于学校科学教育者非浅，爰乐而为之序。

序中所言状况，犹如今日中国之写照，令人深思。然而，在世界范围内，"引人入胜之科学参考书"眼下并不少见。1996 年 1 月 11 日，英国《自然》周刊发表一篇书评，评者逐一点评 1995 年出版的 5 本"面向一般读者"的数学书：《改变世界的五个方程——数学的威力和诗意》（以下简称《改变世界的五个方程》）、《自然之数——数学想象的虚幻实境》（以下简称《自然之数》）、《毕达哥拉斯的裤子——上帝、物理学和性别战争》、《关于思维、物质与数学的对话》、《五条黄金规则——二十世纪数学伟大理论及其重要之原因》。

"给一般读者写数学书或科学书之难的原因，部分在于无人确切知道何许人是所谓的'一般读者'。"评者就何谓"一般读者"（general reader）及"无人十分清楚何人在读他们的书"提出问题后，毫不客气地批评《改变世界的五个方程》的作者把读者当傻瓜耍，该书"无疑是我所见过的最糟的书"。他认为要想看第一流的数学普及读物，伊恩·斯图尔特的《自然之数》乃是首选。

在这本小书——它只有 150 页——里，斯图尔特达到了其他数学科普作家可望而不可即的高度：一个方程式也不用就准确生动地勾画了当代数学。《自然之数》是"科学大师佳作系列"之一，该"系列"是魄力和争议兼具的出版经纪人约翰·布罗克曼（以其"大宗买卖"著称）策划的。这套书的畅销表明，科普精品既可为一般读者所接受，亦可为作者和出版商（还有经纪人）赢利。如果你是数学家或科学家，你知道某某人想了解数学到底是什么，给他们买一本《自然之数》吧。斯图尔特的意图不在于详细解释真实的数学，而在于叙述数学是什么，数学如何奏效以及数学与我们和我们生活的世界如何息息相关。

《自然之数》英文版书影　　　《自然之数——数学想象的
　　　　　　　　　　　　　　　虚幻实境》中文版书影

　　如果说斯蒂芬·霍金的《时间简史》"走红"让出版商多少明白了一些"谁是一般读者"，这对某些先于霍金"奋勇"向"一般读者"传播数学的出版社又不够公正。例如，企鹅集团在"霍金效应"造成轰动之前就出版了伊恩·斯图尔特的《数学问题》一书，牛津大学出版社新近再度推出该书的修订版《由此及无穷——今日数学导引》。可见斯图尔特做到了"以流利之文笔"为一般读者"写科学之妙谛"。

　　伊恩·斯图尔特生于 1945 年，24 岁取得博士学位后一直在沃里克大学任教。此后他的数学兴趣从李代数扩展到突变理论，一发而不可收，迄今已写了 60 多本书。1978 年《选择》杂志将"优秀学术书"称号授予他与蒂姆·波斯顿合写的《突变理论及其应用》一书。1989 年出版的《上帝掷骰子吗——混沌之数学》（以下简称《上帝掷骰子吗》），被非线性科学界公举为通俗介绍混沌理论的两部杰作之一，日文版于次年问世，中文版由上海远东出版社于 1995 年推出。遗憾的是国内出版界对 1992 年出版的该书的续篇《可畏的对称——上帝是几何学家吗？》（以下简称《可畏的对称》）不够重视，对他于 1982 年用法文出版的讲述突变和分形的两本书则几无所知。

《上帝掷骰子吗——混沌之数学》中文版书影

斯图尔特的职业虽然是数学家，他的作品也是以数学为主题的居多，但他往往不单纯地就数学论数学，而是从物理、化学、天文、地质、生物等学科的大量现象中抽出数学思想，结合历史、诗歌、小说、图画进行深入浅出、妙趣横生的叙述，并进一步做哲学概括，这在他的《上帝掷骰子吗》姊妹篇中体现得尤为充分。又如，1991年他写的趣味数学文章《人猿泰山的新兴趣：丛林中的动物如何行走》，在其 1995 年新著《自然之数》（中文版由上海科学技术出版社于 1996 年出版）里，再次做了生动形象的表述，读者始知步态分析竟然是"现代数学方法在一个貌似完全无关的领域里不寻常的应用"。

《自然之数——数学想象的虚幻实境》
中文版第二版书影

原载《中华读书报》1997 年 5 月
14 日第 7 版《世界书林》。

传播巨擘

商务印书馆：引进现代科学的桥梁

——从《科学大纲》谈起

> 科学对于人类事务的影响有两种方式。第一种方式是大家
> 都熟悉的：科学直接地、并且在更大程度上间接地生产出完全改
> 变了人类生活的工具。第二种方式是教育性质的——它作用于
> 心灵。尽管草率看来，这种方式好像不大明显，但至少同第一
> 种方式一样锐利。
>
> ——《爱因斯坦文集》（1979年）

1949年9月19日，中国人民政治协商会议第一次会议开幕前
夕，作为会议特邀代表的商务印书馆董事长张元济等应毛泽东之邀
同游天坛。在回音壁外树荫下品茶、休息的时候，毛泽东谈到商务
印书馆，说商务印书馆出版的书有益于人民大众，他读过商务印书
馆出的《科学大纲》，从中得到很多知识，据龚育之等著《毛泽东
的读书生活》记载，早在延安时期，毛泽东的藏书中确有商务印书
馆译印的汤姆生的《科学大纲》。

1974年5月30日，物理学家李政道回国受到毛泽东接见。毛
泽东对李政道说："科学是我们认识世界的强大武器。看来神学是
救不了世界的，只有科学和哲学才能帮助我们认识世界和改造世

界。我很后悔自己一直没有多少时间来学习科学。记得年轻时读过生物学家阿瑟·汤姆生的书,那是很受启发的。"后来李政道在回忆文章中写道:"第二天,我在机场收到了毛泽东的送别礼物:一套阿瑟·汤姆生的 1922 年版原版著作《科学大纲》。"

毛泽东始终念念不忘的《科学大纲》,是英国生物学家、博物学家兼科普作家阿瑟·汤姆生(John Arthur Thomson,1861—1933)爵士主编的 4 卷本高级科普巨著。汤姆生 1899 年起任阿伯丁大学博物学教授(其本行主要是研究软珊瑚),因经常发表妙趣横生的演讲,频频写作通俗晓畅的科普读物,致力于向公众传播科学新知而享誉世界。《科学大纲》(*The Outline of Science*)第 1 卷 1922 年 8 月问世,2 个月里就重印了 8 次。1937 年出版的合订本厚达 1220 页。全书用 38 章介绍了天文学、地质学、海洋生物学、达尔文进化论、物理学、微生物学、生理学、博物学、心理学、生物学、化学、气象学、应用科学、航空学、人种学、健康学等学科知识,最后一章为"科学与近代思想",分 10 小节讨论科学的目的、态度、方法、范围、分类和限度、科学与感情、科学与宗教、科学与哲学、科学与生活等科学思想。

在中国百年近现代史上,商务印书馆在发扬国故中的贡献众所周知,然而它在传播"西学"(主要指自然科学和工程技术)方面更是功勋卓著,堪称引进现代科学的桥梁,值得大书一笔。

张元济 1902 年就任商务印书馆编译所所长,抱定"吾辈当以扶助教育为己任"的决心,当即着手组织大量翻译西方科学著作和编译教科书。仅 1904 年,商务印书馆就出版了《几何学》(谢洪赍译)、《动物学》(黄英译)、《植物学》(杜亚泉译)、《地质学》(包光镛译）等书。周昌寿曾将明末至 1936 年 300 多年间的汉译科学著作划分为 3 个时期，其中第 2、3 期有近千种科普译著大多由张元济先生主持的商务印书馆出版！

王云五 1922 年继高梦旦之后任编译所所长，开始较为完整地、更大规模地引进西方科学名著。后人把商务印书馆出版《科学大纲》中译本，视为中国近代科学传播普及的一大盛举。王云五在《科学大纲》中译本"序"里写道："夫传布科学，似易而实难。一、传布者非自身亦为创造之科学家，则不足以既其深。二、传布者非淹贯众科之科学家，则不足以既其广。二者具矣，而无善譬曲喻引人入胜之文字，仍未足尽传布之能事。……吾人今为便利国内向往科学之读者起见，特将此书译出公世。"汉译《科学大纲》第 1、2 册于 1923 年 6 月出版（并分别于当年 10 月、次年 3 月再版），第 3、4 册于 1923 年 10 月、1924 年 1 月陆续面世。

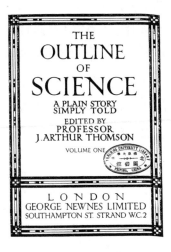

《科学大纲》英文版扉页

　　中国近代两大科学团体的科学传播活动，不但与商务印书馆密不可分，而且都与译介《科学大纲》有关。中国科学社是一批留美学生于 1914 年 6 月 10 日在美国绮色佳[①]发起，1915 年 10 月 25 日正式在上海成立"以传播科学提倡实业为职志"的学术团体，其骨干成员任鸿隽、朱经农、唐钺、竺可桢、段育华等于 1922 年被商务编译所分别延聘为理化部部长、哲学教育部部长、总编辑部编辑、史地部部长、算学部部长，胡明复、胡刚复、杨杏佛、秉志被聘为馆外特约编辑；中华学艺社是一批留日学生于 1916 年在东京创设的学术团体，其基干社员郑贞文、周昌寿、杨端六、江铁等先后在商务编译所任职。中国科学社创办的《科学》杂志 1915 年 1 月由商务印书馆印行问世，标志着中国历史最悠久的自然科学杂志从此诞生；商务印书馆出版"中国科学社丛书"（《科学概论》[任鸿隽]、《植棉学》[章之汶]、《地质学》[谢加荣] 等 ）。中华学艺社主办的"从科学艺术两方面，发阐自然及人生诸问题"的《学艺》杂志，从 1920 年 4 月第 2 卷第 1 号起归商务印书馆排印发行，商务印书馆还出版有"学艺论文集"（郑贞文的《中国化学史之研究》等 ）、"学艺丛书"（陈大齐的《儿童心理学》、王其澍的《近世生物学》、刘振华的《蒸汽机》等 ）、"学艺丛刊"（周昌寿的《相对性之由来及其概念》、陆志鸿译《原子构造概论》、李俨的《中算史论丛》等 ）。

---

① 　指美国纽约州伊萨卡城（Ithaca），绮色佳为胡适先生所译。（编者注）

《科学》创刊号封面

　　汉译《科学大纲》译者多数为中国科学社社员（胡明复、胡先骕、钱崇澍、陆志韦、胡刚复、秉志、任鸿隽、王琎、竺可桢、唐钺、杨铨等）。此外，商务印书馆在 1925—1930 年出版了一套 12 册《少年自然科学丛书》，系郑贞文、江铁等人根据《科学大纲》英文版和若干日本科普图书编译的，乃是当时最受欢迎的大型少儿科普读物。

　　1904 年 3 月创刊于上海、商务印书馆编辑出版的《东方杂志》（杜亚泉、胡愈之等任主编）是中国近代出刊时间最长的大型综合性期刊，它在引进现代科学中也起过积极作用。许多学者在该刊发表过科学文章，如《国内生物学近年来之进展》（秉志）、《实验胚胎学和四肢发育的研究》（童第周）、《细胞放射线的最近研究》（朱壬葆）、《中国科学研究的过去与未来》（李书华）、《抗战期内我国的天文界》（陈遵妫）等。《东方杂志》于 1922 年 12 月 25 日第 19 卷第 24 期推出"爱因斯坦号"，刊载《爱因斯坦与相对论》《爱因斯坦和科学的精神》等 10 篇文章，配发爱因斯坦照片、爱因斯坦小传、爱因斯坦著作目录等珍贵资料，曾经轰动全国，传为学界佳话、社会美谈。

　　"一馆、二社、三刊"通力合作，为中国近现代科学传播奠定了坚实的基石。《科学》杂志、《学艺》杂志和《东方杂志》互相刊登"要目"，已形成不成文的惯例。许多学者往往同时给"三刊"撰稿。比如，李俨的数学史文集《中算史论丛》（一、二）辑录的18 篇文章，录自《东方杂志》1 篇，录自《科学》和《学艺》杂志各 4 篇。商务印书馆深谙"广而告之"其出版物之道，从《科学大纲》的宣传即可见一斑。1924 年 2 月《科学》杂志封底刊发整页广告：

商务印书馆发行《科学大纲》的广告

　　商务印书馆于 1929—1930 年推出的《0 万有文库》第一集（共1010 种），包括汉译世界名著初集（100 种）、新时代史地丛书（80

种）、百科小丛书（300 种）、农学小丛书（50 种）、工学小丛书（65 种）、师范小丛书（60 种）、算学小丛书（30 种）、医学小丛书（30 种）等"八大丛书"，其中有许多书又归入《万有文库目录》"自然科学"（第 0391—0508 种）和"应用技术"（第 0509—0701 种）两大类。例如，第 0391 种是《科学方法》（胡明复），第 0392 种是庞加莱的《科学与方法》（郑太朴译），第 0393 种则是胡刚复等译《科学大纲》（分订为 14 册，正文共 1506 页，1930 年出版）。

　　《万有文库》第一集收录的汉译近代科学名著还有：利比的《西洋科学史》、克莱因的《几何三大问题》、赫歇尔的《谈天》（李善兰译，共 4 册）、爱因斯坦的《相对论浅释》（夏元瑮译，第 0445 种）、牛顿的《自然哲学之数学原理》（郑太朴译，共 10 册，第 0448 种）、法拉第的《法拉第电学实验研究》（共 5 册）、奥斯瓦尔德的《化学原理》、普朗克的《近代物理学中的宇宙观》、赫胥黎的《天演论》（严复译，第 0491 种）、庞加莱的《科学与假设》、达尔文的《人类原始及类择》（马君武译）、哈维的《心血运动论》（黄维荣译）、巴斯德的《发酵的生理学》等。中国科学家被罗致出版的著作包括：《科学概论》（郑太朴）、《中国算学小史》（李俨）、《微积学发凡》（郑太朴）、《天文考古录》（朱文鑫）、《宇宙论》（周昌寿）、《通俗相对论大意》（费祥）、《放射》（程瀛章）、《原子论》（李书华）、《化学与量子》（郑贞文）、《地球的年龄》（李四光）、《地震》（翁文灏）、《气象学》（竺可桢）、《动物学小史》（刘咸）、《现代科学发明史》（徐守桢）、《中药浅说》（丁福保）等。

　　从 1934 年开始出版的《万有文库》第二集（共 2028 册）含"自然科学小丛书"200 种（分订 300 册），内容覆盖自然科学各个学科，分成 10 类：科学总论、天文气象、物理学、化学、生物学、动物及人类学、植物学、地质矿物及地理学、其他、科学名人传记。"总论"部分有《辩证法的自然科学概论》（潘谷神译）、《现代唯物论》（杨季徵译）、《科学的精神》（姚骞译）等书；"传记"部分有《伽利略传》（蔡宗牟译）、《牛顿传》（周昌寿译）、《法拉第传》（周昌寿译）、《赫胥黎传》（周建人译）、《居里传》（黄人杰译）、《法布尔传》（林奄方译）等书。

中国近现代科学文化传播史上的许多"第一""之最"都是商务印书馆创造的，兹略举数例如下：

- 1902 年出版我国第一本英汉字典《华英音韵字典集成》。
- 1908 年出版我国最早的审定科学词汇《物理学词汇》《化学词汇》。
- 1915 年出版我国最早的一部工程字典《华英工程字汇》（詹天佑编译此书耗时 20 年始成）。
- 1918 年出版我国第一部专科辞典《植物学大辞典》（杜亚泉主编；全书共 1700 余页，收 8980 余条目，插图 1000 余幅，共 300 余万字，历时 12 年编竣）。
- 1921 年出版《中国医学大辞典》（谢观编，收词 7 万余条）。
- 1928 年出版《徐霞客游记》（丁文江编，附 36 幅地图和《徐霞客先生年谱》）。
- 1929 年出版我国第一本大学生物系生理学教科书（蔡翘著），在革命战争年代，延安卫生学校就用它做生理教材。
- 1930 年出版《教育大辞书》。
- 1936 年出版《药用植物及其他》（上篇），此即鲁迅在商务印书馆出的最后一本书。

● 1934—1949 年出版当时印刷最精良的 3 卷本科普巨著《生命之科学》（含上千张图版）。译者郭沫若如是说："这部书在科学知识上的渊博与正确，在文字构成上的流利与巧妙，是从来以大众为对象的科学书籍所罕见。"

商务印书馆从 1918 年就开始出版许多高等学府、研究会的学术书刊，如《北京大学丛书》《北京大学月刊》《东南大学丛书》《南京高等师范丛书》《武汉大学丛书》《理科丛刊》《大同大学丛书》《尚志学会丛书》《世界丛书》等。1920 年郑振铎在《一九一九年的中国出版界》一文中说："除了《北京大学丛书》和《尚志学会丛书》外，简直没有别的有价值的书了。"

商务印书馆虽然在 1932 年上海"一·二八"事变中遭受重创，历时 8 年、已成稿 5000 万言的《中国大百科全书》被日军炮火焚毁，但仍旧不遗余力为复兴中华学术而拼搏。在蔡元培的推动下，当年 10 月邀集全国各学科 54 名专家组成大学丛书编委会，开始系统地编印我国自己的高校教材《大学丛书》，到 1949 年共出版了 350 多种，许多老教授如今对早年学过的《大学丛书》仍感念不已。

1902—1950 年商务印书馆（大型套书除外）分类统计数据显示，商务印书馆创立 50 年出版的科学技术类图书种数，在八大类中仅次于社会科学类读物，居第二位，占总数的 17.5%。

20 世纪 50 年代，商务印书馆出版的《苏联科学专著译丛》《苏联大众科学丛书》《少年科学丛书》《科学小文库》《高等学校教学用书》《大学丛书》《现代工业小丛书》《现代工程小丛书》《科学技术辞典》等图书，为新中国的社会主义建设造就大批科技人才做出了不可磨灭的贡献。20 世纪 60 年代以后，商务印书馆改以翻译出版外国哲学、社会科学方面的著作为主，有选择地译印了一些属于自然科学总论性质（自然科学哲学问题、科学史）的世界学术名著，种数虽然不够多，但影响深远。如 1964 年出版《物理学与哲学》（秦斯著，吴大基译）、《原子物理学和人类知识》（波尔著，郁韬译）、《我这一代的物理学》（玻恩著，侯德彭等译），1965 年出版《关于波动力学的四次演讲》（薛定谔著，代山译）、《计算机和人脑》（诺意曼著，甘子玉译）、《化学元素的发现》（韦克斯著，黄素封译），1966 年出版《坂田昌一物理学方法论论文集》（张质贤等译），1975 年出版《科学史及其与哲学和宗教的关系》（丹皮尔著，李珩译），1978 年出版《人有人的用处》（维纳著，陈步译），1976—1979 年出版《爱因斯坦文集》（许良英等编译）。

《爱因斯坦文集》（第 1 卷）书影

商务印书馆在 1976 年 1 月那种时候能够出版《爱因斯坦文集》

（第1卷）这部"多灾多难的书稿"（编译者语），不啻是一个奇迹，堪称中国近现代科学文化传播的一大高峰！我们祝愿历经沧桑的商务印书馆在新世纪为提高我国人民的科学文化素质再创辉煌。

原载《科技日报》1997年5月12日、5月15日。收入《商务印书馆一百年》，商务印书馆，1998年，第314—323页。

汉译《科学大纲》：20世纪20年代一大出版盛事

　　1924年2月，中国科学社社刊《科学》杂志第9卷第2期异乎寻常地在封底刊发了一整页广告，这标志着中国科学社群体成功完成了中国近代科学传播史上的一大"工程"。

　　中国科学社社长兼董事长、"科学救国"运动的主要倡导者之一任鸿隽在《绍介〈科学大纲〉》一文（以下简称《绍介》）的开头表达了对《科学大纲》英文版问世的欣喜之情："以科学界进步之速，关系之巨，则《科学大纲》之出世，尤吾人所亟表欢迎者也。"他在文末又把商务印书馆出版汉译《科学大纲》视为"幸吾海内智识界疗饥之有物也"。

　　王云五亦为汉译《科学大纲》作"序"道："夫传布科学，似易而实难。一、传布者非自身亦为创造之科学家，则不足以既其深。二、传布者非淹贯众科之科学家，则不足以既其广。二者具矣，而无善譬曲喻引人入胜之文字，仍未足尽传布之能事。此所以迟之又久，求一取材广博，叙述浅显之科学成书而终未得见也。乃距今不数月前，竟有汤姆生教授（Prof. J. A. Thomson）主撰之《科学大纲》赫然出现：是殆足弥缝学界之缺撼（憾），而为科学前途贺乎。……吾人今为便利国内向往科学之读者起见，特将此书译出公世。"

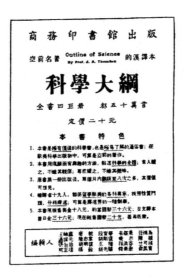

汉译《科学大纲》广告

　　《科学大纲》（*The Outline of Science*）是英国著名生物学家、博物学家兼科普作家约翰·阿瑟·汤姆生（John Arthur Thomson）爵士主编的 4 卷本高级科普巨著。汤姆生 1861 年 7 月 8 日生于苏格兰东洛锡安郡索尔顿，1899 年起任阿伯丁大学博物学教授，1930 年退休，1933 年 2 月 12 日在萨里郡林普菲尔德去世。他虽然主要是研究软珊瑚，却因经常发表妙趣横生的演讲，频频写作通俗晓畅的科普读物，致力于向公众传播科学新知识而享誉世界。他与生物学家格迪斯（Patrick Geddes）合著有《性的进化》（*The Evolution of Sex*，1889 年）、《进化》（*Evolution*，1911 年）、《性》（*Sex*，1914 年）、《生物学》（*Biology*，1924 年）和《生命：普通生物学纲要》（*Life: Outlines of General Biology*，1931 年）等书。他自己的著作有：《动物学纲要》（*Outline of Zoology*，9th ed.，1944 年）、《生命的奇迹》(*The Wonder of Life*，1914 年)、《什么是人？》(*What is Man?*，1923 年)、《新旧科学》(*Science Old and New*，1924 年)、《科学与宗教》(*Science and Religion*，1925 年)、《新博物学》(*The New Natural History*，1925 年)、《近代科学》(*Modern Science*，1929 年)和《生物学纲要》(*An Outline of Biology*，1930 年)。

汤姆生一生影响最大的作品当属 1922 年 8 月问世的《科学大纲》。任鸿隽对此赞曰："要之在普遍科学书中，此书虽不云绝后，亦可谓空前。"他在《绍介》中特意"将各篇题目列下，以示其内容之大概"。为便于读者了解内容梗概，我们也不妨照录汉译《科学大纲》全书 38 章(篇)题目(与《绍介》略有差异并在括号内注明译者)如下：

谈天	(胡明复)
天演之历史	(胡先骕)
对于环境之适应	(钱崇澍)
竞存	(陈　桢)
人类之上进	(胡先骕)
天演之递进	(过探先)
心之初现	(陆志韦)
宇宙之根本组织	(胡刚复)
显微镜下之奇观	(过探先)
人体机械	(秉　志)
达尔文主义在今日之位置	(任鸿隽)
自然史之一——鸟类	(秉　志)

自然史之二——哺乳类　　　　　　　　　　（秉　志）

自然史之三——昆虫世界　　　　　　　　　（张巨伯）

心之科学　　　　　　　　　　　　　　　　（唐　钺）

灵学　　　　　　　　　　　　　　　　　　（陆志韦）

自然史之四——植物　　　　　　　　　　　（胡先骕）

生物之相互关系　　　　　　　　　　　　　（钱崇澍）

生物学　　　　　　　　　　　　　　　　　（陈　桢）

生物之特性　　　　　　　　　　　　　　　（钱崇澍）

化学之奇迹　　　　　　　　　　　　　　　（王　琎）

化学家之创造事业　　　　　　　　　　　　（孙洪芬）

气象学　　　　　　　　　　　　　　　　　（竺可桢）

应用科学之一——电之神异　　　　　　　　（杨肇燫）

应用科学之二——无线电报与无线电话　　　（熊正理）

飞行　　　　　　　　　　　　　　　　　　（杨　铨）

细菌　　　　　　　　　　　　　　　　　　（胡先骕）

地球之构成与岩石之由来　　　　　　　　　（竺可桢）

海洋学　　　　　　　　　　　　　　　　　（徐韦曼）

发电发光之生物　　　　　　　　　　　　　（胡先骕）

自然史之五——下等脊椎动物　　　　　　　（陈　桢）

爱因斯坦之学说　　　　　　　　　　　　　（段育华）

季候之生物学　　　　　　　　　　　　　　（胡先骕）

科学于人类之意义——生命与心与物质　　　（陆志韦）

人种学　　　　　　　　　　　　　　　　　（朱经农）

畜养动物之故事　　　　　　　　　　　　　（胡先骕）

健康学　　　　　　　　　　　　　　　　　　（俞凤宾）

科学与近世思想　　　　　　　　　　　　　　（任鸿隽）

"综计各篇，可谓繁赜奥衍，极宏博瑰伟之观矣。"

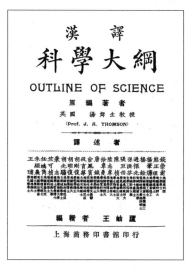

汉译《科学大纲》扉页

　　据《王云五先生年谱初稿》记载，1922 年王云五就任商务印书馆编译所所长，当即延聘专家入主编译所各部：朱经农为哲学教育部部长，竺可桢为史地部部长，段育华为算学部部长，任鸿隽为理化部部长。胡明复、胡刚复、杨杏佛、秉志等中国科学社重要成员被聘为馆外特约编辑。

　　从"分任译事"的主力皆为中国科学社骨干成员，《科学》杂志在汉译《科学大纲》"动工"之际就发表任鸿隽的千字书评《绍介》，并在"完工"以后立即刊载广告等迹象来看，这项工程不仅

"可算是译述界"，而且可说是中国科学社群体借助商务印书馆实现的"一种创举"。

汉译《科学大纲》第 1、2 册于 1923 年 6 月出版（并分别于当年 10 月、次年 3 月再版），第 3、4 册于 1923 年 10 月、1924 年 1 月陆续面世。后作为"汉译世界名著丛书"之一于 1930 年编入《万有文库》第 0393 种，分订为 14 册（正文共 1506 页）。实际翻译者是 21 人（如把"汤姆生原序"和"绪言"的翻译者王云五算在内，则为 22 人），广告中漏列了杨肇爔、徐韦曼两人姓名。

"现今科学分科既繁，造诣尤深，疑非一二人之力所能融会包举。"任鸿隽对此"举三事为释。（1）……在当世科学家中，求编纂此书之最适者，舍汤姆生其谁属。（2）此书虽由汤姆生一人编纂，而特别问题皆由专门家担任执笔，如……洛治（Sir Oliver Lodge）之于物质问题，皆当今所奉宗匠者也。（3）……然则此书所贵者，不在其包罗万有，可以束之高阁，备吾人须要时之顾问，而在其传述科学之方法，能使坚冷无生气之智识对于吾人举生趣味，读者不但了然于科学之进步，且将奋起其自行研究之心焉，此真绍介科学者所馨香祷祝者也"。

任鸿隽继而介绍《科学大纲》的特点："（1）取材之精新。如天演学中之最近发见，物理学中之相对论，心理学中之灵学等，皆今日科学界之大问题，为人人所亟欲知之者也。（2）叙述之明了。科学之书，深奥者失之艰涩，浅显者流于肤陋，多陈事实者，又患干燥无味。此书独能以小说之笔，达艰深之理，使读者有'如闻天乐'之叹，是殆得未曾有者。（3）图画例证之众多而精美，亦足增本书之趣味与价值。"

然而，《科学大纲》并非完美无瑕，争议最为集中的是第16篇《灵学》（"Psychic Science"）。有人误以为出自汤姆生手笔的这一章，其实是洛奇写的。值得注意的是，尽管编者汤姆生在"绪言"中对此持肯定态度，认为"至灵学（Psychical research）之所倡，虽近怪诞，而自不存成见者视之，亦未尝无承认之价值也"，译者陆志韦却难以苟同，但没有简单删除了事，而是在其正文前添加了一段发人深省的"译者识"：

> 读此文者不得不生三种疑问。
>
> 第一，科学方法之疑问。洛治爵士乃物理名家；其研究灵学之方法，果亦如其治物理之严谨乎？洛氏以丧子而大变其态度，其侈谈灵学，果未尝感情用事乎？
>
> 第二，本文所引事实之疑问。圆光现形等事，洛氏类皆得之传闻。其果足以当科学方法之一考核乎？其亦为研究灵学之人所同信者乎？然本文内容犹非国内设坛敛货、假托鬼仙者所可同日语也。
>
> 第三，灵学本身之疑问。心理学家能平心论事，且于精神研究之学造就不亚于洛治，而亦似洛氏之是非无抉择者，有几人乎？

更值得注意的是，任鸿隽在《科学概论》（上篇）阐述科学精神、科学方法之前，先就"科学与假科学"做了精辟论述：

> 关于这一层，我们要注意的，不在某种现象是否适于科

学研究的问题，而在研究时是否真用的科学方法的问题。如近有所谓"灵学"（psychical research），因为他的材料有些近于心理现象，又因为他用的方法有点像科学方法，于是有少数的人居然承认他为一种科学［如英国的洛奇（Sir Oliver Lodge）］；但是细按起来，他的材料和方法却大半是非科学的。这种研究只可称之为假科学（pseudoscience）。我们虽然承认科学的范围无限，同时又不能不严科学与假科学之分。非科学容易辩白，假科学有时是不容易辩白的。

任鸿隽著《科学概论》上篇之封面

　　任鸿隽不仅对"当今所奉宗匠"的英国物理学家洛奇沉迷于研究所谓"今日科学界之大问题"表明了自己的立场，而且对"科学与假科学之分"提供了一种判据——貌似用科学材料和科学方法的非科学研究称之为假科学，足见中国科学社群体的科学传播活动是很讲求科学精神、科学方法和科学态度的。

参考文献

［1］任鸿隽.绍介"科学大纲"[J].科学，1923（1）：95.

［2］Sir Oliver Lodge. Psychic Science[M]// The Outline of Science, 1922:565.

［3］洛奇.灵学[M]//科学大纲.陆志韦，译.北京：商务印书馆，1930：7.

原载《科学》1998 年第 1 期，第 45—47 页。原题无"20 世纪"，今补。

从"科普"到"科文"

——商务印书馆50年来的科学传播

一、引言

> 但如果要想了解科学自身更深的意义，及其与人类思想及
> 活动的其他学科的关系，人们对科学发展的历史，就必须有所
> 了解。[1]
>
> ——丹皮尔

在中国近现代出版史上，有一个奇特的"大变动时代的建设
者"现象——"商务"现象。它对中国现代科学文化的建树，后世
的文化人、出版人，只能仰之弥高、叹为观止[2-5]。陈原指出："出
版物——我在这里特别指图书——是文化和文明的集中表现。一
个时代的文化，一个社会的文明，在很大程度上蕴藏在图书里，当
然，它——文化和文明——最初表现在图书里，然后传播到这个
时代这个社会的一切角落；尔后蕴藏起来——这时叫做文化积
累。图书，在任何情况下，都是传播文化和积累文化的最有效的
工具。"[6]

1997年，商务印书馆百年庆时，笔者曾经"从《科学大纲》

谈起"，着重探讨商务的科学普及类出版物[7]。汉译《科学大纲》于 1923—1924 年由一批中国科学社骨干社员与上海商务印书馆联袂推出，成为中国科学传播史上的一段佳话[8]。如今滥觞于学术界的科学传播概念，其实，早在 80 多年前即有类似的提法——科学传布。王云五在汉译《科学大纲》"序"里指出："夫传布科学，似易而实难。一、传布者非自身亦为创造之科学家，则不足以既其深。二、传布者非淹贯众科之科学家，则不足以既其广。二者具矣，而无善譬曲喻引人入胜之文字，仍未足尽传布之能事。"此言可谓深得"科学传布"之三昧[9]。任鸿隽在《绍介〈科学大纲〉》一文里言："然则此书所贵者，不在其包罗万有，可以束之高阁，备吾人须要时之顾问，而在其传述科学之方法，能使坚冷无生气之智识对于吾人举生趣味，读者不但了然于科学之进步，且将奋起其自行研究之心焉，此真绍介科学者所馨香祷祝者也。……商务印书馆能博求国内专家担任译事，盖全书三十八篇而分任译事者，不下二十人。视东邻日本以二人之力遍译各篇者，其优劣当有间矣。又其图画明显，印刷精良，在吾国出版界中亦无出其右者。吾人既为该馆之成功贺，且幸吾海内智识界疗饥之有物也……"[10]

《科学救国之梦》书影

徐式谷、陈应年从翻译史的角度，综述了商务印书馆对中国近现代——特别是 20 世纪上半叶科技翻译事业的巨大贡献[11]。李亚舒、黎难秋主编的专著《中国科学翻译史》系统梳理了中国科学翻译的流变[12]。李大光从科普史的角度，阐述了中国科学文化翻译书籍的翻译历史[13]。本文将散见于科学思想史、科学史、科学哲学、科学社会学、科学家传记、科学家文集、科学家日记等类别的出版物，在宽泛的意义上统称为科学文化类图书。以是视角观之，以出版物为载体，商务印书馆近50余年在传播科学文化方面的贡献甚巨，历史上许多重要的科学名著的中文译本都是商务印书馆的出版物[14]。

二、商务印书馆创立头 50 年的科学文化出版

略微回顾商务印书馆创立的头 50 年。早在 1905 年，商务印书馆就出版了严复译的《天演论》，开现代中国引进西方科学文化之先河。1915 年，发行中国科学社创办的《科学》杂志。1923 年，印行《科学大纲》，出版文元模译《从牛顿到爱因斯坦》。1929 年，编印《万有文库》第一集；1934 年，编印《万有文库》第二集。1927 年、1931 年、1935 年，先后出版罗素著《原子说发凡》《科学之将来》《科学观》。1937 年，出版拉马克著《动物哲学》。1944 年，印行《法拉第传》。

三、商务印书馆 20 世纪 50 年代后的科学文化出版

1. 科学文化出版物年表

20 世纪 50 年代以来的近 50 年，除了"文革"的十年间，商

务印书馆继续在科学文化出版领域保持领先地位。以下逐年选取若干代表性的图书为例。

1949 年 11 月，出版爱因斯坦著《物理学的进化》、郭沫若译《生命之科学》下册。

郭沫若译《生命之科学》书影

1950 年，出版《居里夫人传》《物理学史》《原子能与宇宙及人生》，纽康著、金克木译《通俗天文学》。1951 年，出版《进化——从星云到人类》。1955 年，重印黄素封译《达尔文日记》。1956 年，出版哈维著、黄维荣译《心血运动论》。1957 年，出版牛顿著《自然哲学之数学原理》、达尔文著《人类原始及类择》、彭加勒（普恩加莱）著《科学与假设》。1958 年，出版柏格森著《时间与自由意志》。1959 年，出版普朗克著《从近代物理学来看宇宙》、怀特海著《科学与近代世界》、培根著《新大西岛》。

1963 年，出版周建人等译的达尔文《物种起源》（第 1、2、3 分册）、叶笃庄等译《达尔文生平及其书信集》、里沃夫著《爱因斯坦传》。1964 年，出版秦斯著《物理学与哲学》、波尔著《原子物理学和人类知识》、玻恩著《我这一代的物理学》和《关于因果和机遇的自然哲学》。1965 年，出版薛定谔著《关于波动力学的四次演讲》、诺意曼著《计算机和人脑》、赖欣巴哈著《量子力学的哲学基础》。1966 年，出版《坂田昌一物理学方法论论文集》、赖欣巴哈著《科学哲学的兴起》。

1975 年，出版丹皮尔著《科学史及其与哲学和宗教的关系》。1976 年，出版许良英等编译《爱因斯坦文集》第 1 卷。1977 年，出版范岱年等编译《爱因斯坦文集》第 2 卷。1978 年，出版劳厄著《物理学史》、维纳著《人有人的用处》。1979 年，出版《爱因斯坦文集》第 3 卷、朱克曼著《科学界的精英——美国诺贝尔奖金获得者》、柏廷顿著《化学简史》、玻恩著《我的一生和我的观点》。

《科学界的精英——美国诺贝
尔奖金获得者》中文版书影

　　1980 年，出版《近代地理学创建人》。1981 年，出版斯科特
著《数学史》、海森伯著《物理学和哲学》、伽莫夫著《物理学发展
史》、皮亚杰著《发生认识论原理》、波林著《实验心理学史》、达
尔玛著《伽罗瓦传》。1982 年，出版亚里士多德著《物理学》、玻
姆著《量子理论》、莱斯特著《化学的历史背景》、坎农著《躯体
的智慧》、贝尔纳著《科学的社会功能》、罗素著《数理哲学导论》
《宗教与科学》、达尔文著《人类的由来及性选择》、毕黎译《达尔
文回忆录》。1983 年，出版达尔文著、潘光旦等译《人类的由来》
（上、下册），罗素著《人类的知识》。1984 年，出版《居里夫人传》
（修订第 5 版）、弗洛伊德《精神分析引论》。1985 年，出版沃尔夫
著《十六、十七世纪科学、技术和哲学史》、丹齐克著《数：科学
的语言》。1986 年，出版柏拉图著《理想国》、马赫著《感觉的分
析》、魏尔著《对称》、马吉编《物理学原著选读》、《世界医学史》、
《尼耳斯·玻尔集》（第 1 卷）。1987 年，出版萨顿著《科学的生
命》。1988 年，出版《爱因斯坦传：生·死·不朽》。

《科学的社会功能》中文版书影

《尼耳斯·玻尔集》（第 1 卷）书影

1990 年，出版海森伯著《物理学家的自然观》。1991 年，出版沃尔夫著《十八世纪科学、技术和哲学史》、贝尔著《数学精英》、席艾玛著《现代宇宙学》、克洛德·贝尔纳著《实验医学研究导论》、贝尔格著《气候与生命》。1992 年，出版"世界名人传记丛书"《达尔文回忆录》《爱因斯坦传》《居里夫人传》。1994 年，出版"商务新知译丛"《科学与人》《爱因斯坦与相对论》《QED：光和物质的奇异性》《观海窥天》。1995 年，出版《化学史传》《西方名著入门·自然科学》《西方名著入门·数学》。1996 年，出版沃克迈斯特《科学的哲学》、彭加勒《最后的沉思》、侯世达《哥德尔、艾舍尔、巴赫》[15]。1997 年，出版《爱迪生传》《费米传》、魏格纳著《陆地和海洋的起源》。1998 年，出版《湍鉴：浑沌理论与整体性科学导引》（刘华杰、潘涛译）、科恩著《科学中的革命》。1999 年，出版戈革译《尼耳斯·玻尔哲学文选》、贝塔朗菲著《生命问题》。

2000 年，出版默顿著《十七世纪英格兰的科学、技术与社会》、德布雷著《巴斯德传》、笛卡尔著《谈谈方法》。2001 年，出版《伽利略传》。2002 年，出版阿盖西著《法拉第传》、卡西第著《海森伯传》。2003 年，出版默顿著《科学社会学》（上、下册）、齐曼著《可靠的知识》。2004 年，出版默顿著《科学社会学散忆》、布什等著《科学——没有止境的前沿》、派斯著《爱因斯坦传》。2005 年，出版迪昂著、孙小礼等译《物理理论的目的和结构》①。2007 年，出版马尔凯著《词语与世界》。

---

① 断断续续翻译达 37 年之久。

《科学——没有止境的前沿》中文版书影

2. 科学文化出版物中的 4 个案例

丹皮尔《科学史》于 1929 年初版，1949 年第 4 次修订本是经作者修订后的最后版本，至 1958 年已经印行 21 版。它的最早中译本，系 1946 年商务印书馆出版，任鸿隽、李珩、吴学周译的《科学与科学思想发展史》（上、下册），列入"大学丛书"。1947 年列入"新中学文库"重印。任鸿隽 1946 年 3 月在"中译本序"里，开篇即指出："我国的出版界到现在为止，还缺乏一部好的科学史，这是多年以来我们所感到的一种需要，一种要求。"1975 年 9 月，商务又出版李珩据第 4 次修订本重译的《科学史及其与哲学和宗教的关系》。1989 年列入"汉译世界学术名著丛书"重印。江晓原曾经撰文回忆读这部《科学史》以及与译者李珩的"弥觉亲切""如沐春风"般的交往 [16]。

牛顿《自然哲学之数学原理》于 1687 年以拉丁文出版。1928

年，商务印书馆出版了《原理》第一个中译本，由郑太朴据德文版转译。1931 年，《自然哲学之数学原理》分订 10 册，收入《万有文库》第一集，后于 1957 年重印 [17]。2006 年，商务印书馆又出版了赵振江据 1726 年拉丁本第 3 版直接移译、并参考英文、德文译本的新的中文译本《自然哲学的数学原理》。

丹皮尔《科学与科学思想发展史》（大学丛书）书影

达尔文《物种起源》于 1859 年出版。1918 年，商务印书馆出版了《物种起源》第一个中译本《达尔文物种原始》，由马君武用文言文译成。当时的文化界、教育界隆重集会，庆祝该书的译就。关于此书，另有一说是 1920 年译出 [18]。1930 年，以《人类原始及类择》为题，分订 9 册收入《万有文库》第一集。1995 年，商务印书馆出版《物种起源》修订本。

80 余年来，商务印书馆始终坚持用出版的形式传播爱因斯坦的思想。1922 年，上海商务印书馆就出版了爱因斯坦的中国学生夏元瑮翻译的《相对论浅释》[19]。为配合拟议中的爱因斯坦来华，商务印书馆《东方杂志》第 19 卷第 24 期专门出版了《爱因斯坦号》。1923 年，商务印书馆及时出版了石原纯著、周昌寿译《爱因斯坦和相对性原理》。1924 年，出版张君劢《伦理学上之研究爱因斯坦氏之相对论及其批评》、周昌寿《相对性原理》。1925 年，出版爱因斯坦著、文元模译《相对原理及其推论》。1939 年，出版周昌寿《相对性之由来及其概念》①。直至 1976 年，出版许良英等编译的《爱因斯坦文集》第 1 卷。2007 年 12 月，《科学文化评论》发表许良英的文章《一部多灾多难书稿的坎坷传奇历程——〈爱因斯坦文集〉再版校订后记》[20]。

四、结语

50 余年来，作为中国首屈一指的学术出版机构，商务印书馆历经"文革"十年浩劫，历经几代领导人的更迭，始终没有放弃翻译出版科学文化类的基本学术图书的传统，堪称"科学传布"的出版重镇。无论从狭义的科普史、翻译史，还是从广义的科学传播

---

① 在胡大年著《爱因斯坦在中国》（上海科技教育出版社，2006 年）附录二 "1917—1949 年出版的关于相对论和爱因斯坦的中文文献"中未列周昌寿的这本书。另见：戴念祖，《中国人为何欢迎相对论——评胡大年〈爱因斯坦在中国〉》一书，《物理》，2007 年第 3 期；戴念祖，《爱因斯坦在中国——记 1922 到 1923 年间爱因斯坦两次路过上海和相对论在中国的早期传播》，载赵中立、许良英主编《纪念爱因斯坦译文集》，上海科学技术出版社，1979 年。

史、中外文化交流史来看，科学文化历来是其中的重要内容。科学思想、科学精神的传播普及，自近代科学兴起，一直是科学人代代相继的事业，而出版人在这项事业中是可以大有作为的。

参考文献

［1］丹皮尔.科学史及其与哲学和宗教的关系[M].李珩，译.北京：商务印书馆，1994：635.

［2］王建辉.文化的商务：王云五专题研究[M].北京：商务印书馆，2000.

［3］戴仁.上海商务印书馆：1897—1949[M].李桐实，译.北京：商务印书馆，2000.

［4］杨扬.商务印书馆：民间出版业的兴衰[M].上海：上海教育出版社，2000.

［5］李家驹.商务印书馆与近代知识文化的传播[M].北京：商务印书馆，2005.

［6］陈原.总编辑断想[M].沈阳：辽宁教育出版社，2001：16.

［7］潘涛.商务印书馆：引进现代科学的桥梁——从《科学大纲》谈起[M]//商务印书馆一百年.北京：商务印书馆，1998: 314-323.

［8］潘涛.汉译《科学大纲》：20年代一大出版盛事[J].科学，1998（1）：45-47.

［9］樊洪业.科学旧踪[M].南昌：江西教育出版社，2000：98.

［10］任鸿隽.科学救国之梦[M].上海：上海科技教育出版社，2002：293-294.

［11］徐式谷，陈应年.商务印书馆对中国科技翻译出版事业的贡献[J].中国科技翻译，1998（1）：46-50.

［12］李亚舒，黎难秋.中国科学翻译史[M].长沙：湖南教育出版社，2000：

666-669.

［13］李大光.翻译：沟通中西科学文化的恒久渠道[J].科普研究，2008
（1）：60-66.

［14］杨舰，戴吾三.历史上的科学名著[M].武汉：湖北教育出版社，
2003.

［15］商务印书馆110年大事记编写组.商务印书馆110年大事记
（1897-2007）[M].北京：商务印书馆，2007.

［16］江晓原.几种商务版科学史经典的回忆[J].编辑学刊，2008（1）：
46-47.

［17］戴念祖，周嘉华.《原理》——划时代的巨著[M].重庆：西南交通大
学出版社，1988.

［18］邹振环.影响中国近代社会的一百种译作[M].北京：中国对外翻译出
版公司，1996：274-275.

［19］邹振环.20世纪上海翻译出版与文化变迁[M].南宁：广西教育出版
社，2000：136-137.

［20］许良英.一部多灾多难书稿的坎坷传奇历程——《爱因斯坦文集》再
版校订后记[J].科学文化评论，2007（6）：62-70.

原载《科普研究》2008年第4期，
第27—30页。收入《科学技术的社会
运行》，杨舰、刘兵主编，清华大学出
版社，2010年5月，第120—127页。

从混沌的教益想到"缺失的万有"

一

国际神经网络联合会主席弗瑞曼写了一篇题目有趣、内容严肃的文章《混沌之吻与心理学睡美人》，把混沌理论应用于神经生理学研究。此文收入1995年出版的《心理学中的混沌理论》一书。这本论文集的编者献词如下："混沌指动力学系统中相互作用的收敛力和发散力形成的复杂模式。我们把本书献给为人类事业铸就美丽混沌的多样精神和合作精神，希望在我们向更好的吸引子分岔时更多地实现人的潜力，更多一些欢乐，更少一些苦难。"

该书编者之一亚伯拉罕于1991年8月15日召开的心理学中混沌理论学会第一届年会期间，"收到"莱布尼茨（1646—1716）的一封信，当即做了"答复"。撇开复函中提到的向量场、相图、自组织和复杂系统中动力学系统的视觉语言和科学超范式的普适性、分形障碍、八卦图、易经、二进制数学、信息论、迭代图、能量和物质、分析和整体、秩序和混沌、阴阳互补、赫拉克利特、老子、爱因斯坦等等这一切让人"混沌"的东西不论，我们注意到编者强调的"动力学系统研究对今日心理学领域带来的某些教益"：

　　一级教益：动力学对科学的进步至关重要，但你仍然必须思考。二级教益：你可以把所有心理学家置于同一座山上，尽管他们不会沿一条道下滑，但都有信心会得到较多观众的欣赏。三级教益：相信混沌／动力学原型的神奇和心理现象中的混沌无处不在。四级教益：自组织在一切心理过程中的重要性。

二

　　以上是混沌理论应用谱系的一端。再看另一端的一个例子。一本 1984 年出版的书的第 1 章的章首引语如下："在当代西方文明中得到最高发展的技巧之一就是拆零……以致我们竟时常忘记把这些细部重新装到一起。"（阿尔文·托夫勒为伊利亚·普利高津和伊莎贝勒·斯唐热著《从混沌到有序》英文版所作的序言）

　　这本《神力学——现代世界的新基督图景》的作者克雷杰直言不讳地宣称此举意在致力于神学的现代化，即所谓的"theodynamics"（仿照"thermo-dynamics"译法是"热力学"，不妨译作"神力学"）。他认为，要紧的是，神力学必须反映融入我们所生活世界的本性的科学和艺术观。宗教与科学应联合，不应交战。神力学是创造性宗教的组成部分。1982 年 6 月 15 日，罗马教皇保罗二世在欧洲核子中心（CERN）对科学家们陈述现代神学的必要性："用你们的智力活动创造两种实在秩序之间的存在统一。"这两种"实在秩序"指的是宗教与科学。CERN 主任薛普尔竟然回答："两种实在都可以……存在。目前与物质的最小结构相联系的研究工作的确表明，……自然规律……暗示了创世的抽象超越解释，而不是纯粹的唯物主义解释。"于是，作者从科学的蓬勃发展中看到了复兴神学的希望，认为神学要随着科学的发展而改变其形式，并且在"20世纪三次科学革命"（相对论、量子力学和"混沌"新科学）中为"神力学"找到了科学背景，这实在耐人寻味！

　　当然，如果作为了解混沌理论的入门书，上述两书都因走得太远而不够格，我们觉得表述准确又不失风趣、议论生动又不失分寸的《浑沌之旅——科学与文化》①（刘华杰著，山东教育出版社，1996年）（以下简称《浑沌之旅》）值得一读。

　　作者领我们从轰动世界的科幻小说及同名影片《侏罗纪公园》出发，踏上"混沌之旅"：神话混沌→语义混沌→气象混沌→非线性动力学混沌→……。我们一路饱览了各种奇异"风光"：《山海经》中的黄帝形象→蔡志忠绘"混沌之死"漫画→"教授卖混沌"景象→艾丽丝与矮梯胖梯→洛仑兹混沌吸引子→"魔鬼阶梯"→单摆相图→……→阿诺德舌头→龙头滴水思维实验→周期倍分岔图→爱因斯坦沉思状→国际象棋对局，最后对科学是怎么回事、文化是什么东西留下或多或少、或深或浅的印象。

三

　　"混沌的教益"何在？我们借此对关系到科学与文化的"缺失

---

① 该书第二版为《中央之帝为浑沌》，刘华杰著，中国科学技术出版社，2017年。

的万有"现象稍加评议。

　　《浑沌之旅》第 7 章章首引用了严复
对 "a chaos followed by another chaos" 的
意译"纷纭胶葛，杂沓总至"，语出商务
印书馆 1981 年重刊严译名著八种之一的
《穆勒名学》。《穆勒名学》初版于 1912 年，
后列入《万有文库》第一集第 0088 种。

　　近来，"跨世纪中国人该读什么书？
向您推荐《新世纪万有文库》""精品简

《浑沌之旅——科学
与文化》书影

装，万有书香""家备万有文库，何愁无书可读"等广告语不时见
于报端，"传统文化书系""近世文化书系""外国文化书系"等三
大系列书目已付诸征订。"全书着眼于文化的普及和传播"，可是至
少目前从"在海内外各学科专家的指导下""精选"的"中外名著"
中，我们不难看出"新"《万有文库》向跨世纪中国人普及和传播
的"文化"是排斥"科学文化"的文化，是仅限于"人文文化"的
文化！

　　创编于 1929 年的商务印书馆"老"《万有文库》第一集共
1000 种，其中第 0391—0508 种属自然科学类，第 0509—0701 种
属应用技术类。姑且不论侧重介绍科学知识的书，仅就传播科学思
想、科学方法、科学精神的中外名著而言，就有《科学方法》（胡
明复）、《科学与方法》（庞加莱）、《自然哲学之数学原理》（牛顿）、
《近代物理中的宇宙观》（普朗克）、《科学与假设》（庞加莱）、《天
演论》（赫胥黎）、《人类原始及类择》（达尔文）、《心血运动论》

（哈维）等。1934 年续编的《万有文库》第二集"汉译世界名著二集"收有《自然科学史》（丹培尔－怀特哈姆）、《科学观》（卢塞尔）、《自然创造史》（海克尔）、《宇宙系统谈》（伽利略）、《大陆浮动论》（瓦格纳）、《能之不灭》（赫姆霍兹）等。

"印行万有文库第二集缘起"曰："夫自然科学之亟待提倡，尽人而知；顾非有广泛而通俗之作，将无以通其门径。本集内容自然科学小丛书 200 种，即所以导读者达于此秘奥之府也。"

"自然科学小丛书"200 种共 300 册，分为 10 类：科学总论、天文气象、物理学、化学、生物学、动物及人类学、植物学、地质矿物及地理学、其他、科学名人传记。仅"总论"类就收有《科学总论》《辩证法的自然科学概论》《现代唯物论》《科学的世界》《科学的将来》《科学的精神》《科学的动机》《科学与人生》《科学与文化》《科学与修养》《科学与经验》《科学与行动及信仰》《科学之新背景》《科学之限度》《科学发见谈》《现代科学的哲学观》等。

在 20 世纪 80 年代"文化热""文化发展问题"讨论时，龚育之多次强调两句话："一句是文化要着眼于建设，一句是文化要以科学为基础。"并进一步阐发在文化建设中，科学占有重要地位。文化自古就有。在近代科学产生以后，科学就不只是像古代那样只是文化的一部分，而越来越成为整个文化的基础。因此，在现代讲文化，应该把科学的重要地位突出出来。"在现代，讲文化要以科学为基础，讲科学要提到文化的高度。就是说，除了讲科学知识，还要讲科学方法、科学精神、科学态度，讲科学的宇宙观、社会观、人生观，讲科学的思想方式、工作方式、生活方式。这样的文化才是科学的文化。"

　　相形之下，在"意图使整个文库能基本反映出人类文化发展的概貌"的"新"《万有文库》中，传统文化、近世文化、外国文化等三大书系凸显的观念之偏狭，让人一目了然又百思不解。此等人文气浓厚、科学味缺无的"万有"文库，不啻是"缺失的万有"。我们期待它能在不远的将来给科学文化一席之地，甚至给我们一个惊喜——"科学文化书系"！

　　　　　　　　　　原载《科技潮》1997 年第 10 期，
　　　　　　　第 42—43 页。

溯源畅流　鉴往知来

——从"科学源流"看《科学》杂志

　　1985年,《科学》杂志在创刊70周年的年头再度复刊。"七十年中,她一共出版了36卷,前32卷基本上是每月一期,这一本本《科学》杂志,是近代中国科学发展的一个记录,它为近代科学在中国的传播和发展作出了应有的贡献。"该刊主编周光召在"复刊词"中如是说(《科学》1985年第37卷第1期)。在这一期"复刊号"里,辟有《科学社与〈科学〉》专栏,刊发了"尚健在的创办者章元善先生的回忆,及两位前主编刘咸、张孟闻的文章,这些都是珍贵的史料"。

　　《科学源流》是《科学》杂志1986年第38卷第2期新辟的一个栏目,用编者的话来说,"它也许可以看成是'科学社与《科学》'栏的扩大。中国的科学,世界的科学,都源远流长,有许多内容值得记叙与介绍。我们期望亲身经历者提笔介绍与科学的发展、传播、交流有关的史实,也欢迎科学史研究者撰文介绍科学源流中的一点一滴。"可能为了体现"一点一滴"之意,该栏目刊发的第一篇文章《近代西方科学文化的传播者——利玛窦》的标题之上,有一个小小的图标"一滴水"。

　　很明显,虽为"一滴水",同类科普刊物不多见的《科学源

流》这一栏目，实际上却是难得的一个科学史专栏。果然，编者在
1993 年第 45 卷第 1 期开篇的一番"自我介绍"中，将此种旨趣披
露无遗："科学源流，在科学文化广泛意义上的科学史栏目。论古
近中外，谈事件人物，以近为主，旨在溯源畅流。"此期该栏目刊
发的卞毓麟的文章《科学与大众沟通的桥梁——阿西莫夫的科普科
幻作品》，其主标题岂非正是《科学》杂志 85 年之写照！

　　《科学》杂志从来不忘本。在 1995 年 1 月纪念《科学》创刊
80 周年之际，除了刊发 4 篇"特稿"外，《科学源流》特辟"栏中
栏"——《我与〈科学〉》，发表了《贵州浙大的科学社活动》《清
华的科学社活动》《〈科学〉对中国数学发展的历史性贡献》等文，
此为该刊 1994 年发起的《我与〈科学〉》征文活动的结果。

　　从《谈中国古代科学思想的源与流》（1998 年第 50 卷第 6 期）
到《爱因斯坦在上海》（1999 年第 51 卷第 4 期），从《夸克的起
源》（1994 年第 46 卷第 4 期）、《"物理学"名称考源》（1998 年第
50 卷第 1 期）到《量子力学诠释的世纪之争》（1996 年第 48 卷第
1 期）、《普朗克与量子概念》（2000 年第 52 卷第 2 期），从《杨杏
佛与中国科学事业》（1986 年第 38 卷第 4 期）、《茅盾与科普散文》
（1998 年第 50 卷第 4 期）到《陈景润与哥德巴赫猜想》（1996 年第
48 卷第 5 期）、《吴大猷与中国物理学》（2000 年第 52 卷第 4 期），
从《竺可桢的科学、教育活动》、《闻名遐迩的李约瑟研究所》（1990
年第 42 卷第 2 期）到《细推物理须行乐——李政道教授生涯五十
载》（1996 年第 48 卷第 6 期）、《化学大师鲍林》（1997 年第 49 卷
第 5 期），从《〈科学〉杂志与新文学革命》（1997 年第 49 卷第 5
期）到《中国科学社与"科玄之争"》、《世纪之交话转折》（1999

年第 51 卷第 3 期），从《海王星谈往》（1996 年第 48 卷第 3 期）
到《漫漫北极路》（1997 年第 49 卷第 4 期），从《数学科学百年回
顾》（1999 年第 51 卷第 1 期）、《几何动力学观念的确立和升华——
时空物理百年回顾》（1999 年第 51 卷第 2 期）到《海洋石油开发
百年回顾》（1999 年第 51 卷第 3 期），《科学源流》栏目已从"一
点一滴"汇集成"江河大川"，滋润了多少学子的心田。

特别是，从《我同布拉施克、卡当、韦尔三位大师的关系》
（陈省身，1986 年第 38 卷第 4 期），《回忆杨武之——陈省身教授
访谈录》（1997 年第 49 卷第 1 期），《陈省身与南开数学图书馆》
（1998 年第 50 卷第 5 期），到《回归故乡，寄望南开——陈省身访
谈录》（2000 年第 52 卷第 4 期），《科学源流》栏目为我们勾勒了
陈省身的漫漫心路。

"阅读科学史使我们产生一种犹如登山般的振奋之情……我相
信，不久，在写作一般通史的时候，科学史将不再被禁锢在某个冷
僻的角落，而成为历史画面的中心。难道科学不是进化的最有力量
的因素吗？"著名科学史家萨顿如是说。《科学源流》栏目曾经刊
发《〈科学〉的科学史价值》一文（1993 年第 45 卷第 6 期），文中
指出："学术界过去对《科学》的研究很不够，没有充分发掘它的
真实价值，因而无法使之在学术研究中发挥更大的作用。"我们认
为，考察《科学源流》和《科学》的源流，乃至中国科学和世界科
学的源流，不但有发掘价值之功，更有鉴往知来之效。

原载《中华读书报》2000 年 9 月

27 日第 23 版，署名"艾柯"。

译编心曲

从求知到传达：难以释怀的"普利高津情结"

1986 年 7 月 15 日，刚刚离开大学校园的我，在为自己飘荡不已的求知之心四处寻觅精神家园之际，偶然在新华书店发现一本《从存在到演化——自然科学中的时间及复杂性》（上海科学技术出版社，1986 年 3 月第一版），马上如获至宝般捧回家中，似懂非懂地"啃"起来。自此，在大学里就已"播种"的一种对普利高津[①]耗散结构理论的"钟情"——我称之为"普利高津情结"——开始"发芽"了。我进而开始研究这本书的翻译和编辑"手法"。无论在当时还是现在，从内容到翻译再到编辑，这本书都堪称一流，我十分钦佩该书责任编辑潘友星先生的出色工作。普利高津在"序言"里提到，时间和变易涉及哲学和人文学科的一般问题，将在法文版的另一本书《新的同盟》（英译本书名为《有序出自混沌》）中讨论。

没曾想到，次年（1987 年）11 月 11 日，我就买到了《从混沌到有序——人与自然的新对话》（上海译文出版社，1987 年 8 月第一版）。我捧回家中，如饥似渴地"吞食""反刍"和"咀嚼"，从

---

① 普利高津（Ilya Prigogine，1917—2003，亦译普里戈金、普里戈京），比利时物理化学家，由于研究非平衡热力学，特别是耗散结构理论而获得 1977 年诺贝尔化学奖。

中体会到校阅了全书译稿的上海科技出版界前辈陈以鸿先生的辛劳。这本首印九万册的 20 世纪 80 年代畅销书，带动了"当代学术思潮译丛"的风行。

我铭记着普利高津和斯唐热在该书"序"中的一段话："我们当中的一个人已把他大部分的科学生命都贡献给了这一问题，他也许有理由表达他的满意的心情，那是一种美的感受，是他希望能使读者分享的。"我开始不再满足于个人求知的乐趣，而开始向往编辑这一"使读者分享""美的感受"的职业。

更没想到的是，时隔十年，《人民日报》驻法国记者杨汝生传来普利高津新著《确定性的终结——时间、混沌与新自然法则》出版后引起读者极大兴趣的信息，又一次勾起了我那难以释怀的"普利高津情结"。1998 年 3 月，《世界科学》杂志发表了该书"序言"的译文。其时，我虽然身在北京大学，心却受到心仪已久的上海科技教育出版社吴智仁社长、翁经义总编辑的感召。在他们的支持鼓励下，我和卞毓麟先生着手策划"哲人石丛书"，《确定性的终结——时间、混沌与新自然法则》当然成为我们的首选目标。经过一番艰苦细致的工作，1998 年 12 月，《确定性的终结》中文版终于在上海科技教育出版社问世，成

《从存在到演化——自然科学中的时间及复杂性》中文版书影

为我从求知到传达（担任责任编辑）的第一本书。

布鲁塞尔学派和奥斯丁学派数十年（特别是近十年）的研究成果，其实不仅限于耗散结构理论，而是蕴含自组织和耗散结构概念的非平衡过程物理学，以及蕴含不稳定性和混沌的不稳定系统动力学，这一切尽在这本凝练的小书之中。从《从存在到演化》《从混沌到有序》，到《确定性的终结》，这三本书的写作和翻译工作有某种雷同之处。它们的英文版在表述上都与德文版、法文版有别。起初，译者都是根据作者提供的英文打字稿翻译的。然后，依据正式出版的英文版对译文进行修订。正如普利高津专门为这三个中译本写的"序"所充分表明的，他对中国文化"一往情深"。"我相信我们已经走向一个新的综合，一个新的归纳，它将把强调实验及定量表述的西方传统和以'自发的自组织世界'这一观点为中心的中国传统结合起来。"（《从存在到演化》）"中国的思想对于那些想扩大西方科学的范围和意义的哲学家和科学家来说，始终是个启迪的源泉。"（《从混沌到有序》）"西方科学和西方哲学一贯强调主体与客体之间的二元性，这与注重天人合一的中国哲学相悖。"（《确定性的终结》）这也许就是"普利高津情结"的源泉。

普利高津一如既往地对中国青年科学家寄予厚望。"我确信，这个领域仅仅处于它的幼年时期，而年轻一代的中国科学家一定会作出重要的贡献。"（《从存在到演化》）"在本世纪末，我们并非面对科学的终结，而是目睹新科学的诞生。我衷心希望，中国青年一代科学家能为创建这一新科学作出贡献。"（《确定性的终结》）作为1977年诺贝尔化学奖得主、耗散结构理论创立者，82岁高龄的普利高津雄心不减当年，依然在与自然进行有创造性的"对话"，他在《确定性的终结》的最后写道："在科学史上这一值得庆幸的时刻，我们面对新的视界，我们希望能够把这一信念传达给我们的读者。"

我作为一个求知者，感到十分庆幸的是，能够并将继续向我们的读者传达科学新知——"时间之矢的建设性作用"，传达科学观念——"我们必须参与明天社会的建设"，传达科学信念——"我们必须为科学与社会间的沟通打开新渠道"。

载《我与上海出版》，学林出版社，1999年9月，第187—190页。

新鲜·真实·重要

——《从摆钟到混沌》中文版译后记

> 生命的钟摆很沉重地在那里移动。整个的生物都湮没在这个缓慢的节奏中间。……而在这混沌的梦境中，……有他内部的精力在那里积聚，巨大无比，无知无觉……①
>
> ——［法］罗曼·罗兰

美国哲人威廉·詹姆斯有一句名言：

当一件新事物出现时，人们说，"它不真实"。后来，当它的真实性显而易见时，人们说，"它不重要"。再后来，当它的重要性无可否认时，人们又说，"它不新鲜"。

作为哲学意义上的一件新生事物，科学意义上的一门新兴学科，数学的一个新奇分支，混沌理论正式诞生至今，尚不足 20 年，对非线性动力学工作者来说，它已经"不新鲜"了。但是，对于我国欲探索生命科学问题的数理科学工作者，对于欲借重数理方法从

---

① 引自《约翰·克利斯朵夫》第 1 册第 16 页，［法］罗曼·罗兰著，傅雷译，人民文学出版社，1988 年。着重号系引者所加。一个绝妙的巧合？！

事研究的生物医学工作者，对于对生命节律感兴趣的各行各业广大读者，这部严谨晓畅的学术专著定会给人以耳目一"新"之感。生物科学中的混沌现象和动态复杂性，是这部书的动人主题，它不仅新鲜，不仅真实，而且重要！我们五位译者，之所以克服种种困难，干这样的"自讨苦吃"的事，除了想为促进中外科学文化交流做一点力所能及的工作外，主要原因和动力正在于此。

1990 年 5 月，国内外两个翻译小组，分别在两位权威学者的支持下，各自独立地几乎同时展开了翻译工作。国内小组在著名非线性力学家、北京大学力学系朱照宣教授的撮合下组成，贺向东译第 2、3 章和"数学附录"，潘泓译第 8 章，潘涛译其余各章；随后二潘互校译稿，潘涛校第 2、3、8 章和"数学附录"，潘泓校其余各章。国外小组在著名理论物理学家、中国科学院院士、中国科学院理论物理研究所郝柏林研究员的关心下组成，曾婉贞译第 1、2、3、8 章和"数学附录"，张春意译第 4、5、6、7、9 章，曾、张互校译稿。志同道合，殊途同归。两部译稿竟然在同一家出版社里相遇！承蒙各位译者信任，本人负责"合二为一"，承担全稿统校工作。

《从摆钟到混沌——生命的节律》（以下简称《从摆钟到混沌》）中文版问世，是作者、译者及美、中两国出版界共同努力的结晶。两位作者十分关注中文版出版进程，专为中文版作序，并协助中方取得翻译出版权。五位译者密切配合，共同切磋。潘泓特意从美国购赠本人一部原版书（不幸的是此书连同作者照片均在某出版社下落不明），幸亏曾婉贞从加拿大及时寄来一部原著，正好解排印之急。美国普林斯顿大学出版社慷慨授予翻译许可证。上海远东出版社以令人敬佩的魄力，将本书列入"自然科学译丛"，并以难以置信的高效率，短短几个月就予以推出。

《从摆钟到混沌——生命的节律》
中文版书影

　　我们诚挚感谢格拉斯教授和麦基教授、朱照宣教授和郝柏林研究员、普林斯顿大学出版社和上海远东出版社的鼎力支持！感谢并铭记以各种形式帮助过我们的各方人士：著名生理学家、首都医科大学生物医学工程系名誉主任刘曾复教授，中国生物物理学会理事长、北京医科大学生物物理教研室吴本玠教授，中国医学物理学会理事长、湖南医科大学医学工程教研室胡纪湘教授，北京医科大学医学物理学教研室主任王鸿儒教授，江西医学院医用物理学教研室吕景新教授，中国科学院生物物理研究所姚国正研究员，中国科学院大气物理研究所赵松年研究员，中国科学院数学研究所井竹君研究员，中国科学院理论物理研究所刘寄星研究员，北京师范大学物理系姜璐教授、漆安慎教授、杜婵英教授、卢志恒教授，《力学进展》杂志董务民先生、俞稼榖先生、程屏芬女士，《世界科学》杂志江世亮先生，《现代物理知识》杂志吴水清先生，《江西医药》杂志主编、医学翻译家王贤才先生，《中国人体科学》杂志副主编朱怡怡女士，世界科技出版公司总编辑潘国驹先生，北京师范大学出版社总编辑王德胜先生，科学技术文献出版社副社长王琦先生，上海三联书店原总经理林耀琛先生，中国科学技术出版社赵兰慧女士，四川教育出版社赵璧辉先生，北京图书馆国家书目组尹春生先生，江西省图书馆外文部龚燕女士，昆明医学院物理教研室吴杰先生。

特别要感谢上海科学技术出版社《科学》杂志潘友星先生把书稿力荐给上海远东出版社。

翻译这样一部跨学科名著，对我们来说既是一次学习机会又是一个考验。首先遇到的一大难题，是书名的译法。原书名言简意赅，中译名难尽其妙。譬如，其中的"clocks"一词有三层意思：一指机械、刻板、规则的"钟"，有条不紊，与混沌不堪相对；二暗含"生物钟"之意；三则与"chaos"谐音。如译成（一个字的）"钟"或（三个字的）"生物钟"，虽表达了一层内涵，却与（两个字的）"混沌"不般配，读起来不顺口。反复斟酌，权衡再三，暂译为"摆钟"，既作为生命的一种隐喻，又体现一种历史感。由于这部书横跨生理学（包括神经生理学、呼吸生理学）、血液病学、心脏病学、微分方程定性理论和非线性动力学等诸多学科领域，着实给译者带来了不小的难度。专业术语尽量援用各学科的标准译法，未见于工具书的新词汇，则依义试译。如"迫动"（forcing）

一语，系借鉴《庄子》"感而后应，迫而后动"一说。书中涉及人名众多，仅译出少量参与组成合成词的人名，外加少量未必"讨好"的脚注，其余人名一律不译。为方便读者检索，保留原书丰富的参考文献和实用的主题索引。

康德说过，"在自然科学的任何分支中包含着多少数学，就能在其中找到多少真正的科学"。这部书的出版，如果能够推动数理科学与生物科学两大王国的相互沟通，促进跨学科研究的深入开展，唤起人们对生命节律现象的浓厚兴趣，我们便不枉此译，将倍感欣慰。

1994 年 11 月 15 日于南昌

载《从摆钟到混沌》，上海远东出版社，1995 年 12 月第 1 版，第 278—281 页。标题系新加。

一切是有秩序中的无秩序

——《上帝掷骰子吗》中文第一版译后记

一切是有秩序中的无秩序。[①]

——罗曼·罗兰

混沌的眼睛在世界的幕后发光。

——诺瓦利斯

数学的伟大使命在于从混沌中发现秩序。

——倍尔（Eric Temple Bell）[②]

1989 年 10 月，英国《新科学家》杂志开设《混沌》专栏，陆续刊载 14 篇系列文章，向科学爱好者们介绍混沌研究的方方面面。这些文章已于 1991 年结集成书《探索混沌——无秩序新科学导引》（*Exploring Chaos：A Guide to the New Science of Disorder*）。本书作者在为这专栏撰写的《混沌之画像》一文中指出：

---

① 引自《约翰·克利斯朵夫》第 2 册第 287 页，［法］罗曼·罗兰著，傅雷译，人民文学出版社，1957 年。

② 倍尔（1883—1960），美国数学史家。

混沌是振奋人心的，因为它开启了简化复杂现象的可能性。混沌是令人忧虑的，因为它导致对科学的传统建模程序的新怀疑。混沌是迷人的，因为它体现了数学、科学及技术的相互作用。但混沌首先是美的。这并非偶然，而是数学美可以看得见的证据；这种美曾被局限于数学界的视野之内，由于混沌，它正在渗透于人类感觉的日常世界中。

译者正是首先受这种混沌美的感染，才毅然干起"语言转换"这般苦差事，为的是让更多的人感受到它。

中国科学院院士、理论物理学家郝柏林研究员认为："混沌研究的进展，无疑是非线性科学最重要的成就之一。……越来越多的人认识到，这是相对论和量子力学问世以来，对人类整个知识体系的又一次巨大冲击。这也许是 20 世纪后半叶数理科学所做的意义最为深远的贡献。"数学家哈尔莫斯教授把 75 年来的数学进展概括为 22 个主题，"混沌"当仁不让成为其中之一（见《数学的进展减慢了吗？》，P. R. Halmos 著，刘华杰摘译，王善平校，《世界科学》杂志 1991 年第 11、12 期）。而持保留意见的也不乏其人，数学家霍尔默斯（Philip Holmes）在一篇长文《庞加莱、天体力学、动力系统理论与"混沌"》（潘涛译，潘建中校，见《数学译林——国际数学进展》杂志 1993 年第 3 期）中得出"一点也没看见什么'新学科'"的结论。"混沌这门学科真的如大众传播媒介和某些从事者宣称的那么新、那么革命吗？"物理学史家德雷斯顿（Max Dresden）如是发问，并在《混沌：是新的科学范式——还是新闻媒介造就的科学？》（潘涛译，黄永念校，见《力学进展》1994 年第 3 期）一文中，运用历史分析方法考察了上述问题，表明通向认识混沌的道路是曲折坎坷的，充斥着混淆和误解。

对于这门方兴未艾的学科有不同看法是不足为奇的。有趣的是，众多评家几乎一致向公众推崇关于混沌的两本普及性读物：格莱克的《混沌：开创新科学》和斯图尔特的《上帝掷骰子吗——混沌之数学》。梅（Robert May）在英国《自然》杂志上发表如下评论：

> 两本书在对外行以一种有吸引力的、准确的和易于理解的方式表达复杂的素材方面，都做得很出色。它们都表现了混沌主题的魅力。格莱克多着墨于个人，……斯图尔特的书更着力于科学本身而不是人。

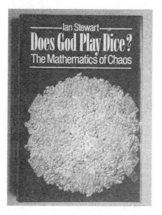

《上帝掷骰子吗——混沌之数学》英文版书影

有鉴于此，译者在作者和出版社企鹅集团的支持下，决心下大功夫完成这一"思想引进"工程。时隔四年，如今方深深体会"功夫"远在译事之外。

本书的翻译始于 1991 年 8 月，终于次年 8 月，自始至终得到朱照宣教授的亲切指导。1992 年借参加北京大学非线性暑期学习班之机，就书中许多疑难请教朱先生，受益良多，终生难忘！

中国人民大学刘华杰博士通读了全部译稿，提出了许多好的修改意见，并代为复制制版用的插图照片。中国科学院北京天文台卞毓麟先生解答了译者的天文疑问。挚友万毅就书中法文译法提供过帮助。潘泓与译者讨论过若干典故的含义。中国新学科研究会刘洪同志代为复印有关重要文献。江西省图书馆龚燕女士协查过资料。

日本混沌学家上田睆亮教授把他的新著《通向混沌之路》赠送给译者参考，俄国化学家扎鲍京斯基教授亦馈赠大量珍贵资料。

陈以鸿先生不顾年事已高，对全稿逐字逐句仔细校订，使译文更符合原意、表达更顺畅，并承担了繁重的编索引工作，令译者十分感动。老一辈编辑家的渊博学识和一丝不苟的工作态度，让译者为之心折。

译者感谢上述人士的帮助，尤为感谢上海科学技术出版社《科学》杂志潘友星先生将书稿力荐给上海远东出版社。

需要说明的是，译者为方便读者而加的 266 个脚注中，包含作者本人提供的一些解释，和朱照宣、陈以鸿两位先生以及刘华杰同志的若干见解，恕无法一一指明。全书如有译得不妥之处，概由译者担当。

1995 年 6 月 18 日于南昌

载《上帝掷骰子吗——混沌之数学》，上海远东出版社，1995 年 10 月第 1 版，第 339—341 页。标题系新加。

一个混沌从秩序中产生的奇迹

——《上帝掷骰子吗？》中文第二版译后记

　　本书第一版由上海远东出版社 1995 年 10 月出版，1996 年 3 月第二次印刷。若干翻译缘起、致谢，见第一版译后记。围绕该书，故事太多，无法一一尽述。值得一提的是，1996 年 5 月底，中国高等科学技术中心在北京召开"复杂性对简单性国际研讨会"，笔者在会上遇见了本书的好几位主人公——费根鲍姆、利布沙伯，并与他们当面交谈。不禁感叹：世界真奇妙，混沌不复杂。

费根鲍姆、芒德勃罗、霍尔默斯、利布沙伯 1996 年 10 月 31 日
在《上帝掷骰子吗》中文版上为潘涛题字

北京大学哲学系吴国盛教授 1997 年 2 月 3 日在《北京日报》发表的简短书评如下：

题意取自爱因斯坦的名言"你信仰掷骰子的上帝，我却信仰完备的定律和秩序"，这本《混沌之数学》，被国内混沌学名家朱照宣先生赞为"比《混沌：开创新科学》更值得出版""数学透彻、哲理深刻""图文并茂、广征博引""文学性强、俏皮话多"。

被媒体炒得热气腾腾的混沌学究竟是怎么回事？有望成为新科学革命之旗手的混沌学之所谓混沌，不是日常所说的混乱无序，也不是古文献中指称宇宙未辟、上下未形时的原始物质，新学"混沌"，乃是在严密、精确的数学领域里出现的一个新的数学客体，它虽然无序、随机，但却是由决定论的方程推演出来的。混沌是"完全由定律支配的无定律性态"。

这是如何可能的呢？我们早先已经了解到，以普利高津的耗散结构理论为代表的自组织理论，揭示了秩序如何从混沌中产生，生命如何从冷寂的宇宙中孤傲地突现。今天，我们面临另一个奇迹，一个混沌从秩序中产生的奇迹：即使遵循严格决定论的牛顿方程，力学体系依旧可能陷入完全不可预测的"混沌"状态。本书将通俗地讲述这一奇迹的数学构造和哲学底蕴。

读过《混沌：开创新科学》的人，请再读《上帝掷骰子吗——混沌之数学》。

"十年前在北大图书馆偶然读到了本书的中文译本，从此决定了自己的研究方向。一本科普著作能起到的最大作用莫过于此。里面有数学，有简单生动的解释，更有很多意味深长的哲思。一个学数学或者物理专业的人如果能在大二大三的时候读到它，就像我一样，那是再好不过的了。"以上是孙鹏博士（中央财经大学中国经济与管理研究院助理教授）2013 年 11 月 11 日在"豆瓣"上的感言。

《上帝掷骰子吗——混沌之数学》的英文原著 *Does God Play Dice? The Mathematics of Chaos*，精装本出版于 1989 年，当年即重印 2 次；平装本出版于 1990 年，之后分别于 1991 年、1992 年（2 次）、1993 年、1994 年、1995 年、1999 年重印。平装本补写了第 15 章。

第二版实际上是增订本，作者伊恩·斯图尔特在原书末尾增加了三章新内容，且副标题改为 *The New Mathematics of Chaos*，即"混沌之新数学"，列入"企鹅文库"，于 1997 年出版。经典的魅力，也许就在于能够不断修订、再版，赢得一代又一代读者的青睐。

译者承北京大学力学系朱照宣教授鼓励，于 1991 年着手翻译此书，1994 年译事竣工。译稿拜上海科学技术出版社《科学》杂志潘友星先生推荐，起先由上海三联书店林耀琛先生同意出版，后来转交上海远东出版社吴延祺先生，列入"自然科学译丛"，经责任编辑丁是玲老师委托上海交通大学资深编审陈以鸿先生（参与翻译戴森的《宇宙波澜》，审校过《从混沌到有序》《混沌——开创新科学》等译著）对照原文仔细校订，《上帝掷骰子吗》于 1995 年 10 月初版，其后多次重印。1999 年入选"科学家推介的 20 世纪科普佳作"。2008 年 12 月入选"改革开放 30 年 30 部优秀科普翻译图书"。

《上帝掷骰子吗？——混沌之新数学》中文第二版书影

译者于 1995 年到《科学》杂志编辑部拜访潘友星先生时，获悉该社打算策划引进的"科学大师丛书"中，恰巧有伊恩·斯图尔特的新著《自然之数》，当即表示愿意翻译。为此，与该书责任编辑张跃进先生就译事多次通信。《自然之数》于 1996 年 11 月初版，2007 年 9 月列入"世纪人文系列丛书"再版，2012 年再次再版。有趣的是，中文书名《自然之数——数学想象的虚幻实境》（ *Nature's Numbers: The Unreal Reality of Mathematical Imagination* ）看上去只不过是英文原名的直译，其实还碰巧与中国的易学的象数文化暗合。比如，北宋邵雍的《观物外篇》"上篇上"曰："天数五地数五合而为十，数之全也。天以一而……故去五十而用四十九也，奇不用五，策不用十，有无之极也，以况自然之数也。"不过，此书的繁体译本却把书名改为《大自然的数学游戏》[作者：史都华（即伊恩·斯图尔特）；译者：叶李华；出版社：天下远见；出版日期：1996 年 6 月]。

以下是精装本首版封底的作者简介：

　　伊恩·斯图尔特，英国沃克里大学数学教授，高产科普作家。他是《科学美国人》（*Scientific American*）杂志著名"数学游戏"专栏的主笔，并经常为《发现》（*Discover*）、《新科学家》（*New Scientist*）等科普杂志撰稿。他还在美国、加拿大和英国的电视台、电台宣讲数学知识。主要作品有：《上帝掷骰子吗？》（*Does God Play Dice?*），《数学问题》（*The Problems of Mathematics*），《你把我带进的另一个好数学》（*Another Fine Math You've Got Me Into*）等。

《自然之数》再版时，根据作者本人提供的介绍文字，我把作者简介重新表述如下：

　　伊恩·斯图尔特（Ian Stewart, 1945—　），英国沃里克大学数学教授，因其大量优秀的数学科普作品而享誉世界。获得1995 年推进公众理解科学的皇家学会法拉第奖章，1999 年数学联合政策委员会传播奖，2000 年英国数学及其应用研究院金质奖章。2001 年当选皇家学会会员，2002 年获得美国科学促进会公众理解科学技术奖。著书 60 多种，包括：《由此到无穷大》《自然之数》《混沌之解体》《可畏的对称》《数学问题》《给年青数学人的信》，以及翻译成 13 种语言的《上帝掷骰子吗？》。是《新科学家》杂志的数学顾问、《不列颠百科全书》

的顾问。曾经每月为《科学美国人》杂志"数学游戏"专栏撰稿长达 10 年。除了在广播电视上传播数学文化以外，还发表了 180 余篇数学论文。

自《上帝掷骰子吗》中文版出版起，伊恩·斯图尔特著作的中译本陆续由多家出版社出版：《第二重奥秘：生命王国的新数学》（周仲良等译，上海科学技术出版社，2002 年）、《什么是数学》（克朗、罗宾的数学名著，斯图尔特增写了一章。左平等译，复旦大学出版社，2005 年；台湾的译本叫《数学是什么》，容士毅译，左岸文化，2010、2011 年分别出版上下册）、《二维国内外》（暴永宁译，湖南科学技术出版社，2008 年）、《如何切蛋糕》（汪晓勤等译，上海辞书出版社，2009 年）、《数学万花筒》（张云译，人民邮电出版社，2010 年）、《对称的历史》（此为原著的副标题，原著直译为《美何故即真》。王天龙译，上海人民出版社，2011 年；封面误把作者标注为"美国人"）、《数学万花筒 2》（张云译，人民邮电出版社，2012 年）、《数学嘉年华》（谈祥柏等译，上海科技教育出版社，2012 年）、《迷宫中的奶牛》（谈祥柏等译，上海科技教育出版社，2012 年）、《数学的故事》（熊斌等译，上海辞书出版社，2013 年）、《给年青数学人的信》（台湾译本的大陆版；商务印书馆，2013 年）。其中，上海辞书出版社的 2 本书，在中文版出版的过程中，译文都经我校订过，作者简介实际上由我拟写。

读者如果对比不同译本的作者简介，一定会有有趣的发现。比如，《什么是数学》有如下的作者简介："伊恩·斯图尔特是沃里克大学的数学教授，并且是《自然界中的数和上帝玩色子游戏吗》一书的作者；他还在《科学美国人》杂志上主编《数学娱乐》专栏；他因使科学为大众理解的杰出贡献而在 1995 年获得了皇家协会的米凯勒法拉第奖章。"显然，两本书被混成一本书了。另，应为"皇家学会的迈克尔·法拉第奖章"。

　　这次对《上帝掷骰子吗？——混沌之新数学》（以下简称《上帝掷骰子吗？》）第二版"延伸阅读"增补的内容进行翻译时，才知《上帝掷骰子吗？》有三部曲，之一为《可畏的对称——上帝是几何学家吗？》，之三为《混沌之解体》。可惜，迄今尚未被翻译成中文出版。

《可畏的对称——上帝是几何学家吗？》英文版书影

　　斯图尔特教授本人对译者的支持，需要特别感谢。20 年前，他用打字机写来 4 页纸的信，解答了译者提出的一系列疑问，其中有些吸纳为本书的译者注。《自然之数》中译本初版、再版时，2007 年 6 月他应译者之邀专门为中译本写序，而且为作者简介提供了一长一短两个版本的内容，特意注明由译者随意选用。其中的内容，因篇幅所限，当时并未能够在中译本中得到完整体现（比如，《上帝掷骰子吗》的英文版销量为 15 万册，他获得的研究资助共有 125 万英镑以上）；况且，还有一些细节，若非作者本人提供，译者乃至读者都很难了解到。尽管本书勒口上的作者简介仍然相对浓缩，笔者觉得机不可失，在此把作者的情况尽量予以详尽披露：

伊恩·斯图尔特，1945 年生，先后在剑桥、沃里克获得硕士、博士学位。获颁开放大学等 5 个荣誉博士学位。著作包括：《数学问题》、《游戏、集合与数学》（*Game, Set & Math*）、《你把我带进的另一个好数学》、《实在之碎片》（*Figments of Reality*）、《魔法迷宫》（*The Magical Maze*）、《第二重奥秘》（*Life's Other Secret*）（生命的又一个奥秘）、《雪花是什么形状？》（*What Shape is a Snowflake?*）、《二维国内外》（*Flatterland*）、《火星人长什么样？》（*Does a Martian Look Like?*），以及《丑镇镇长的两难困境》（*The Mayor of Uglyville's Dilemma*）。他的著作《自然之数》获得 1996 年度普兰克科学书籍奖。1997 年、1998 年，他分别在英国 BBC 电视台、日本 NHK 发表皇家研究院圣诞演讲。他与特里·普拉切特（Terry Pratchett）、杰克·科恩（Jack Cohen）合写的畅销书《碟形世界之科学》（*The Science of Discworld* I、II、III）于 2000 年获得世界科幻小说大会雨果奖的提名。他与 M. Golubitsky 合写的论著，获得 2001 年度 Balaguer 奖（该奖项的评奖条件之一是，至少 150 页的原创、未发表过的数学专著，参见 http://ffsb.espais. iec.cat/en/the-ferran-sunyer-i-balaguer-prize/）。他写过 3 本数学漫画书，即《啊！突变》(*Oh! Catastrophe!*)、《分形》(*Les Fractals*)、《啊！美丽的群》(*Ah! Les Beaux Groupes*)，并为之画插图，以法文出版。他还与杰克·科恩合写了 2 本科幻小说:《轮》(*Wheelers*) 与《天堂》(*Heaven*)。

到了 2015 年，斯图尔特年届七十，其著作总量却从 8 年前的 60 多种，增加到 80 多种。如今，《上帝掷骰子吗？》第二版即将出版中文版，2015 年 1 月作者再次发来经过本人更新的其小传的长短版本。他在数学专业和科普两方面的高产、高质量著作，总是滔滔不绝，令人吃惊。其新的小传中，除了以上提及的著作外，还特意包括几部畅销书:《数学万花筒》(*Professor Stewart's Cabinet of Mathematical Curiosities*)（斯图尔特教授的数学珍宝室）、《数学万花筒 2》(*Professor Stewart's Hoard of Mathematical Treasures*)（斯图尔特教授的数学珍宝库）、《生命的数学》(*Mathematics of Life*)、头号科普畅销书《改变世界的 17 个方程》(*17 Equations That Changed the World*)。

他在两方面的获奖消息，继续纷至沓来。2015 年 3 月 13 日，美国洛克菲勒大学官网（http://newswire.rockefeller.edu/2015/03/13/lewis-thomas-prize-to-honor-mathematicians-steven-strogatz-and-ian-stewart/）宣布：斯图尔特与斯蒂文·斯托盖兹（Steven Strogatz）共同获得 2015 年度刘易斯·托马斯奖。该奖项于 1993 年设立，以美国著名的作家、教育家、医生、科学家刘易斯·托马斯（1913—1993，著有《细胞生命的礼赞》《最年轻的科学》《水母与蜗牛》）的名字命名，以表彰"那些能够在科学世界与人文世界之间架设桥梁的罕见人士——他们的声音和观念告诉我们关于科学之美学、哲学维度，不仅仅提供新的信息，而是引发反思，乃至启示"。此次，乃是该奖项第一次颁给数学家。有趣的是，这两位获奖者，曾经合写过一篇文章《耦合振荡器与生物学同步》，发表于《科学美国人》1993年12月号上。文章末尾的参考文献，第二篇乃是《从摆钟到混沌——生命的节律》。

时隔20年，本书能够增订再版，特别要感谢以下人士：*ISIS*文库主编江晓原教授，上海交通大学出版社社长韩建民博士、总编辑张天蔚先生、副社长李广良先生、国际部的编辑李旦和陆烨。没有他们的慧眼和努力，本书恐怕仍然长期处于断版状态。

感谢好友梁焰、黄雄（《宇宙的脉络》译者）跨洋跟译者探讨本书的翻译疑难问题。感谢好友刘华杰教授对译者的支持、帮助。

此次修订的增订本，译者按照第二版的内容，予以翻译；第一版中由译者添加的脚注，是在当时不存在互联网的情况下，经译者多方查考资料、请教专家的结果，故仍然予以保留，仅仅个别脚注有所更新。

作者，堪称数学神人，其最新介绍置于本书勒口。译者，乃一编辑匠、出版人，自许"十分认真地干傻事情"。校者、审订者，皆为通人，其简介亦见勒口。译文若有不尽通达之处，概由译者负责。

2015年7月31日于北京

载《上帝掷骰子吗？——混沌之新数学》，上海交通大学出版社，2016年5月，第426—432页。标题系新加。

《湍鉴》重印记事

爱丽丝（以下简称"爱"）：时隔 15 年，《湍鉴》中文版再版了。作为《湍鉴》的主角之一，我想知道，是什么机缘促使你们二位翻译这部书？

潘涛（以下简称"潘"）：也许是 1992 年夏天，肯定是暑假期间，我为解决翻译《上帝掷骰子吗》中的许多英文典故疑问，专门到北京图书馆查资料，经常去北图的外文新书阅览室看书，偶然发现了 1989 年出版的《湍鉴》(Turbulent Mirror)，咬牙把全书复印下来，带给华杰看。我们粗粗一看，就觉得是一本不可多得的奇书。讲浑沌理论、分形几何的专业书很多，用通俗笔法介绍这些理论背后的思想的却不多见。这部书，奇在何处呢？首先，形式奇。翻开目录，先是"秩序到浑沌"从前言、第 1 章到第 4 章，中间夹着一个镜面第 0 章，然后是"浑沌到秩序"第 4 章到第 1 章，呈现镜像反射。目录翻过去，就是 7 幅奇妙的插图：爱丽丝面对镜子，镜子里面是一条龙，上面是庄子的一句话。漫游奇境的爱丽丝，居然跟中国的黄帝、庄子、老子、列子等相遇于浑沌之地，这自然吸引了我们的目光。

刘华杰（以下简称"刘"）：其次，内容奇。西方人讲浑沌，从中国古代神话讲起，倒是不同凡响。前言以庞加莱问题结束，然后讨论吸引子、湍流，一路下来，借用你爱丽丝来描绘逻辑斯谛方程。

爱：《湍鉴》为什么对戴维·玻姆、普利高津之类的特立独行科学家情有独钟？

潘：原作者的著述、经历，也堪称一奇。当时只知道约翰·布里格斯是搞文科的教授，F. 戴维·皮特是物理学家，他们俩合写过《镜宇》（1986年）。布里格斯独著《丹炉之火：创造性天才的炼丹术》，与他人合著《隐喻：诗之逻辑》。皮特写过《同时性：物质与心灵之间的桥梁》（1987年）、《人工智能：机器如何思维》、《核经》、《寻找尼古拉·特斯拉》（1997年）、《谋杀与侦查指导》、《超弦与寻求万物至理》（1989年）、《爱因斯坦的月亮：贝尔定理与对量子实在的奇特探求》（1990年）、《冷聚变：掀起一场科学论战》（1989年），与巴克利合著《物理学问题：物理学与生物学的对话》，与戴维·玻姆合著《科学、序与创造性》（1987年初版，2000年再版。此书曾得到钱学森大力推荐）。布里格斯是美国西康涅狄格州立大学的英语教授。皮特生于1938年，1964年在英国利物浦大学获物理学博士学位，可谓特立独行的物理学家、哲学家、作家，早年对荣格特别推崇，中年为玻姆（1917—1992）写传记《无穷势：戴维·玻姆的人生与时代》，晚年脱离学界，隐居在意大利，新著是《从确定性到不确定性：20世纪科学与思想史话》（2002年）。他们合著的关于浑沌思想的4本书都出版了德文版。

刘：起初，我们并没有马上下决心翻译。后来，在北京大学力学系朱照宣教授的指导下，我和潘涛开始翻译《湍鉴》这本奇书。当时应当是1990—1992年吧，印象中跨越了我硕士和博士两个学习阶段。我1991年硕士毕业，同年读博士，1994年博士毕业。译

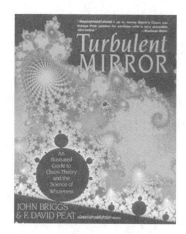

《湍鉴——浑沌理论与整体性科
学导引》英文版书影

《湍鉴——浑沌理论与整体性
科学导引》中文版第二版书影

书期间我住的宿舍也由中国人民大学东边的学五楼搬到了西边新建
的研究生楼。

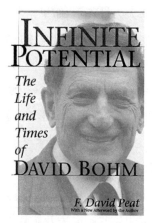

《无穷势：戴维·玻姆的人生与
时代》英文版书影

爱：朱教授是学贯中西、博古通今的高人。假如没有朱教授的支持，你们俩怎么敢碰如此难啃的骨头？

刘：当时我在中国人民大学哲学系读硕士和博士，学位论文分别是关于统计物理学基础和浑沌理论历史与哲学的，而潘涛在江西医学院教物理，我们俩都对非线性科学的新进展十分着迷。此书的翻译出版见证了潘涛与我的深厚友谊。我和潘涛是通过朱照宣老师认识的，我们从不同角度关注着非线性科学的历史与文化。也可以说 chaos 和 fractal 是我们之间联络的纽带。我个人对浑沌的兴趣始于 1987 年，作为北京大学地质学系的本科生听过力学系黄永念老师为研究生开设的选修课"浑沌与稳定性理论"，我是课上唯一的本科生；仔细阅读过朱照宣教授编写的浑沌讲义以及中国科学院理论物理所郝柏林院士撰写的关于浑沌与非线性科学进展的长篇综述文章。

潘：20 世纪 80 年代，还在读本科时，我就被普利高津的耗散结构理论、哈肯的协同论、艾根的超循环理论，即所谓的"新三论"所吸引。尽管似懂非懂，还是把《探索复杂性》《从存在到演化》《从混沌到有序》反复嚼读。我至今仍然保留着朱先生的讲义（遗憾的是始终没有能够找到机会正式出版），保留着郝先生发表在《物理学进展》上的综述长文。我 1994 年发表在《力学进展》上的一篇译文《混沌：是新的科学范式——还是新闻媒介造就的科学？》，还是黄永念先生校订的。郝先生主编的"非线性科学丛书"，本来规划由朱先生领衔、华杰和我合写的一本《非线性科学史话》，可惜未能成稿。

刘：潘涛后来在北京大学读博士，毕业后到上海科技教育出版

社任职并推出影响巨大的"哲人石丛书",再到上海辞书出版社任
总编,又回到北京在金城出版社任总编。我活动的范围极有限,从
入小学后再没有出过校门! 1994 年博士毕业后回到本科母校北京
大学任教至今。变化的是岁月,不变的是朋友间的友谊、对图书的
喜爱。

潘:我记得 1994 年,还在准备报考北大时,华杰几乎独自翻
译汇编过一本《非线性科学经典文献》,其中收入的量子力学家玻
恩的一篇鲜为人知的文章,是华杰让我翻译的,他来对照原文校
对。这本非正式出版物,放在北大三角地附近的书店,居然很快一
销而空。

刘:那时,我们年轻,对非线性均十分痴迷,翻译《湍鉴》完
全出于对主题的热爱和图书的独特书写方式。我们对翻译完全无经
验,回想起来,那时做事倒是非常认真的。

潘:岂止非常认真,那是相当认真! 为了把书中引用的庄子、
列子的话,准确无误地翻译回来,我买了好几个版本的老庄的书,
反复研读。其中,有一句话,按照原作者注明的出处,怎么也找不
到完全对应的。我们在翻译过程中,跟朱老师频繁通信,请教问
题。最终还是朱老师厉害,发现那是王弼对老子的话的注解,并非
列子的话。

爱:书里还有跟我有关的段落吧?

潘:那是相当难译的。当时我还不知道,赵元任先生曾经有过
很棒的译本。

刘:当时的翻译分工是每人各译一半,我译前一半,潘涛译后
一半,每章译后互相校对一遍。我记得虽然当时也非常忙,但坚持

每天翻译若干页，全书很快就翻译完毕。但编辑出版拖了相当长的时间。此书被放到"商务新知译丛"中，出版后非常受欢迎，不多久就销售一空。经常有读者询问如何能购到。

潘：印象中，我读博前，就已经交稿给商务了。到上海工作后，才见到样书。

刘：回想当年的译书情景，有几点值得提起：

（1）商务印书馆凭什么相信毫无知名度的我们？记得有一个偶然的机会，我向商务印书馆哲学编辑室的武维琴先生介绍浑沌理论及这本书的独特性。武先生爽快地答应引进版权并由我们翻译。多少年来，我一直都非常感激武先生的信任。通过武先生以及他的接班人陈小文，后来我与商务印书馆有了更多的交往，还多次参与了商务印书馆汉译世界名著的选题策划。

（2）当时的翻译稿费是每千字35元。不管低还是高，我都根本没有考虑报酬，只是觉得此书非常好玩，值得介绍给普通读者。放到现在，我得综合权衡一下。作为学生的我，当时喝一杯可乐都觉得非常奢侈，下馆子则是极罕见的事情，一年最多一两次。话说回来，每译完一部书，我都发誓再不干这种活了，但总是不长记性，遇到好书手就发痒。

（3）当时的翻译条件远不如现在，特别是没有因特网。为了一些人名和多个学科的专有名词，我们要多次跑图书馆，耗时而且费力。在20世纪90年代初我是北京图书馆的常客。回头想来，《湍鉴》涉及面非常广，翻译难度还是蛮大的。对付书中的自然科学内容我们还是有把握，毕竟我们研读过大量非线性科学的原始论文和专著（大部分是英文的），还多次听取非线性科学方面的报告，而对书中涉猎极广的人文社会科学方面的内容没有把握，甚至有些内容根本没听说过。翻译时，只能一边学一边译。放到现在，我会怀疑会不会有那么大的冲动来向出版社推荐此书并做起费力不讨好的翻译工作。

（4）部分因为《湍鉴》这本书，潘涛和我经常到朱照宣老师家里聆听关于非线性科学以及其他领域的教诲。我们与朱先生成了忘年交。通过朱先生，我也结识了赵凯华、黄昀、刘寄星、刘式达、陈耀松等老师。

（5）我们当初的判断是正确的，《湍鉴》是本奇书、好书，也是一部经典。非线性科学虽然已经进入平稳发展阶段，但此书到现在它也没有过时。它除了知识外，更有思想，包括独特的自然观和科学观。

潘：武维琴先生那么平易近人，那么信任我们小字辈，令人感动。正是陈以鸿（翻译过戴森的《宇宙波澜》、校订过《从混沌到有序》）、潘友星（担任《从存在到演化》的责任编辑）、武维琴（编过许多书，却往往不具名），这些默默无闻、为他人做嫁衣的优秀编辑，润物细无声，把我吸引到了出版行业。策划"普林斯顿科学文库"时，其中的《机遇与混沌》即请刘式达教授主持翻译，《天遇：混沌与稳定性的起源》则请井竹君先生的高足王兰宇翻译；策划"辞海译丛"时，自然想到赵凯华夫妇的《宇宙密码》。

刘：潘涛对非线性科学一直保持着浓厚的兴趣，他本人翻译过《从摆钟到混沌》和《上帝掷骰子吗》，后来作为出版社的领导还引进出版过《混沌七鉴：来自易学的永恒智慧》。长期以来，潘涛和我一直保持密切联系，给予我多方面的帮助。

潘：借此机会，有一个谜底，似乎应该揭开了。一直有读者疑惑，为什么我要把上海科技教育出版社的一套丛书取名为"哲人石"。其实，这跟我研读《湍鉴》的作者的其他著作有关。布里格斯和皮特的书里，往往把各个领域的天赋奇才的创造性过程，比喻为炼制点金石，即哲人石。皮特的著作《哲人石——混沌、同时性与世界隐秩序》(*The Philosopher's Stone*：*Chaos*，*Synchronicity and the Hidden Order of the World*) 对我影响很大。启动"哲人石丛书"后，除了关注普利高津、哈肯的新著外，自然还要关注布里格斯和皮特的新著，那就是《混沌七鉴——来自易学的永恒智慧》(1999年)。作者应译者之要求，还特意为中文版写了序。要说帮助，翻译这一系列书、出版"哲人石丛书""八面风文丛""普林斯顿科学文库""辞海译丛"的过程中，众多学界高人，包括华杰、田松，为传播科学新知，普及科学新观念，才是苦中有乐、乐此不疲呢。

刘：我也想起来，我是通过潘涛而认识田松的，当时田松在《中国矿业报》任编辑和记者，如今田松是北京师范大学的教授，我的同行和好朋友。潘涛、田松和我那时追随非线性科学的新进展，与对传统还原论科学的失望、不满有关。非线性、复杂性研究对于我最终走向反科学主义，事后看扮演了重要角色，而当时不知道，因为当时不清楚事物朝哪演化。于光远先生说过："世界真奇妙，事后才知道。"

爱：还有卡罗尔先生为我写的名言。

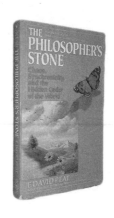

《哲人石——混沌、同时性与世界隐秩序》英文版书影

刘：现在，在潘涛的推荐下，上海交通大学出版社重新购买版权出版《湍鉴》，我们觉得没有必要重译，译文基本保持了原样。潘涛重新看了一遍，对个别译名和字句做了修订。不好意思，我因为此时忙别的事情，对新版没有什么贡献。

两名译者排名，本没有先后。上一版我排在前，这一版应当潘涛在前。

潘：这次再版，朱先生又发现个别文字错误，比如商务版 205 页的脚注"高岳"，应为"富岳"（富士山）。再次叩谢！

2014 年 8 月 9 日
于因特网上

载《湍鉴：浑沌理论与整体性科学导引》，上海交通大学出版社，2015 年 1 月，第 266—271 页。

《技术史》、文化精品与出版人的使命感

牛津版《技术史》（*A History of Technology*），是目前世界上最具权威性、篇幅最大、资料最全的世界技术与社会发展通史，由相关领域200余名国际知名学者撰写。《技术史》中译本由东北大学技术与社会研究所陈昌曙教授主持翻译，东北大学、哈尔滨工业大学、清华大学、北京科技大学、上海交通大学、大连理工大学等著名高校上百位专家学者执译，全书译成中文近八百万字，含三千余幅图片与插图，由上海世纪出版集团上海科技教育出版社精心编印。日前，《文景》杂志采访了《技术史》中文版编译委员会副主任、北京大学科学哲学博士、上海科技教育出版社副总编辑潘涛。

《文景》：七大卷《技术史》于今年年初出版后，受到科技史界专家学者一致好评，得到众多媒体的热情报道，围绕这套书的报道、介绍文章就有几十篇，而且受到了广大读者的欢迎，第一版书已售完，重印在即。对于这样一种专业性很强的著作，这种情况是很例外的。你认为原因何在？

潘　涛：这种情况也出乎我们意料。我想，有这样几个原因。第一个原因是，这套《技术史》的学术价值非常高。它是一部从远

古讲到 20 世纪中叶的国际技术史专著，几乎每个章节的撰稿人都是各门领域的著名学者。英国主编者立意如此之高，花了这么大力气，做出的东西是有口皆碑的。科技史界公认它是里程碑式的著作，到目前为止它仍然是世界上资料最详尽、最权威、篇幅最大的技术通史，相关领域的技术史研究一般是绕不开这套书的。

第二个原因在于这套《技术史》不是单纯意义上的科技史。如果仅仅是罗列各种技术、视野狭隘的纯技术史，那只是一个简单大百科概念，学术文化意义不大。这套《技术史》的价值就在于它讲述的是技术与社会、技术与文化的历史，用大量的细节展示了技术与文明的密切关系。可以说，它体现的是一种大技术观、大文明观的概念。这套书并不是纯粹意义上的学术专著，不是仅仅写给学者看的，而是面向公众的。

《技术史》中文版书影

《文景》：有人说与李约瑟的那套《中国的科学与文明》相比，这套《技术史》明显忽略了中国古代文明中的技术发展历程。

潘　涛：是的，三位主编在"第 I 卷前言"中坦言，对于远亚的技术记录几乎被完全忽略了。他们的理由很有趣：一方面缺少有这方面足够知识的作者；另一方面那一地区的文明对西方文化的直接影响相对很小。有的学者喜欢拿这套《技术史》与李约瑟那套书作比较。从规模、学术含量上衡量，这两套书是相媲美的，总的目标是一致的，无非是侧重点不一样。有人说这套书不够全面，中国的东西太少，这是可以理解的。毕竟这是以西方为主的技术文明发展史，编者在这方面材料占有得最充分。主编辛格亲自撰写的第 II 卷结语《东西方的反思》值得一读，他认为李约瑟当时对中国文明的研究已经做得如此之好，他们就没有必要重复了。即便如此，他还是用了四页的篇幅制作了一张"中国向西方传播的一些技术"的大表。

《文景》：据说英国牛津大学出版社用了整整 30 年才出齐这套书，编写与出版怎么会经历了这么漫长的时间？

潘　涛：这是一个巨大的学术工程，背后一定有大量的组织工作，大量的故事。有个科学史学者近期到英国访问，我建议他以这套书的编写为课题。不妨去了解一下，当时英国人为什么肯花 30 年时间，从 1954 年到 1984 年，把这套书完成。1954 年出版第 I 卷，1984 年出版第 VIII 卷（综合索引），整整 30 年时光啊！这套书的主编在科学史界都是大名鼎鼎的学者，他们从 20 世纪 50 年代初开始策划这套书。他们都是在自己的晚年，痛下决心来编纂这样一部大书。他们那么一把年纪了，为什么还来做这样一件吃力的事？
我想他们绝不是一时冲动做这件事，他们一定有自己的想法，有自
己的理念，想着要给后人留下一些有价值的东西。可能他们觉得英
国这样一个产业革命发源地，在科学技术方面曾经是相当领先的，
当时周围的国家，包括美国都不在英国人眼里，后来英国在科学技
术方面落后了，美国遥遥领先。原因到底在什么地方？我想，主编
们当时的想法也很朴素，后辈的学生要了解各个门类的技术发展，
宏观的也好，微观的也好，这个领域相关的书很多，杂乱而不系
统，没有基本的教学素材。所以他们与牛津大学出版社谈妥，下决
心来编这样一套巨著。好几位主编在编写、出版这套书中间相继去
世。第一任主编没有看到第Ⅵ、Ⅶ卷的出版，辛格、霍姆亚德去世
后，威廉斯接任主编。这种前赴后继的精神令我很佩服。

《文景》：牛津大学出版社能承担这样一个项目也是很不简单
的，先期投入资金一定是很大的吧？

潘　涛：英国帝国化学工业有限公司（简称 ICI）赞助了这套
书前 5 卷的出版。每个主编在前言里开篇或最后总是要感谢这家公
司对他们的慷慨资助和追加经费。ICI 是英国首屈一指的大公司。
我们在北京开《技术史》出版座谈会时，柯俊院士在会上说，ICI
不仅资助学术出版，也资助留学生，他当年到英国留学就是拿的
ICI 的奖学金。这家公司对资助学术活动没有任何回报要求。当时
它为这套书不仅投入了很大的资金，而且还开放公司档案，公司的
重要研究人员参与撰稿，如第Ⅴ卷最后一章"技术及其社会后果"。
因为当时如果查阅不到第一手档案，有些历史的叙述就可能不准

确。ICI 资助了前 5 卷出版，到最后几卷时牛津大学出版社已经有实力独自承担出版费用了。

　　《文景》：这套书在编排与内容安排上有什么特色？

　　潘　涛：这套书第 I 卷时间跨度是从史前到公元前 500 年左右，叙述了远古至古代帝国衰落的期间的技术起源和演变。第 3 章有个论断值得注意："文化上的重大进展更多是由于文化传播，而不是由于原创的普及。"这个论断有它的根据，建立在大量史实素材基础上，并以瓷器从中国传入不列颠为例。这个文化是指有技术含量的文化。长时期以来，原创的东西很有限，就那么一点东西。这点东西如果传播得好，对文明发展影响非常大。科学史上"言必称希腊"，为什么？根据在哪里？第 4 章里就有解说。希腊语对欧洲文明的贡献非常大。前两卷里包含非常漂亮的考古成果。考古学界学者看了这本书感到很好，说没有想到考古学与技术有如此密切的关系。其实，所谓科学是很近代的事情，也就三四百年。技术的历史远远长于科学的历史，从人类起源就开始了，技术史在某种意义上就是文明史。

　　第 II 卷是从约公元前 700 年到约 1500 年，很大的时间跨度，主要论述了地中海文明与中世纪的技术发展。第 22 章有一种说法值得我们注意：在中世纪以前，东方向西方输送文化与思想，那时技术实际上是"科学之父"。如果不在技术奠定的基础上，科学是无从发展起来的。

　　第 III 卷是从约 1500 年到约 1750 年，讲述了文艺复兴至工业革命的技术发展。从这一卷里，我们可以了解到，为什么到了后来，东方对西方的技术优势变成了西方的兴起，变成西方超越东方。仅仅前 3 卷就充满许多细节，系统完整地勾勒了技术的衍生过程，可以发现许多有趣问题，有释疑解惑之效。

第Ⅳ卷是讲工业革命，从约 1750 年到约 1850 年，跨度缩小为 100 年。由此可见，越是古老的年代每卷的年代跨度越大，越到近代每卷的年代跨度越小。整个第Ⅳ卷单讲工业革命。工业革命为什么发生在英国，是必然的，还是偶然的。读这一卷，我们可以看到，工业革命发生在英国有其必然性。1831 年英国就成立了科学促进会，推动了工业发展。

第Ⅴ卷的时间跨度是从约 1850 年到约 1900 年，时间跨度只有 50 年。第Ⅵ、Ⅶ两卷的时间跨度都是从约 1900 年到约 1950 年，用上下两部来讲 20 世纪上半叶的技术发展。与传统教科书不一样，不是一上来就讲具体的技术，比如煤炭、航海等，而是用连续七章讲技术通论：世界历史背景、创新的源泉、技术发展的经济学、管理、工会、政府的作用、工业化社会的教育。全书最后一章，更不是单纯讲技术，而是落实到一个基本问题：技术与生活质量。科学技术对人类的衣食住行究竟带来了多大变化，是真切的感受。现代技术对人类历史发展有巨大贡献，但也有"摧毁了传统的生活方式"的破坏性力量，作者已经注意探讨这样一种思想。

《文景》：这套书的目标读者群是哪些人？

潘　涛：中译本倡议者、东北大学陈昌曙教授认为，对于我们这代人来说，无论科技工作者，还是科技管理者、经济管理者、哲学社会学工作者，读这套书都会有收获。他甚至认为这套书是不可不读的。

《文景》：这套书通读一遍需要很多时间。作为一个普通读者，怎样会有时间来读这样一部巨著呢？

潘　涛：乍一看，普通读者容易被这 7 大卷吓倒。这么厚重，内容这么多，哪有时间读？其实读这套《技术史》，一般不需要从头读到底。可以挑自己最感兴趣的章节读，开卷有益，书中有许多内容对我们会有启发。举个例子。众所周知，上海将在 2010 年举办世博会。《技术史》第 V 卷里就记叙了英国、法国的世博会。1851 年英国举办世界博览会，"几乎囊括了所有项目的大奖"，沾沾自喜，认为英国先进、强大。1867 年法国举办世博会，英国人去看，发现问题大了，只拿到十二个奖项，英国在科学技术方面已经开始落后于其他国家。为此英国学界知识界颇有危机感，在媒体不断发表文章，举国上下讨论，要求政府立法，推动技术教育。英国国会举行听证会，1889 年制定了《技术教育法》，按照法律要求实施技术教育。1902 年英国制定《教育法》。书里详细记述了当时英国技术教育的状况，比如工人下班后有无时间读夜校，学他们不愿意学的东西，甚至还列举了 1856 年的考试题等。这对我们当前也是有启示的。世博会不是嘉年华会，不是简单地展示，吸引许多人来观看。事实上世博会展示的是科技文化，反映一个国家的技术水准和综合国力。《技术史》讲了好几届世博会，伦敦、巴黎、芝加哥，从每一次世博会可以看到技术重心的转移，看到原来的技术大国如何被新兴的强国所取代。

这本书的叙述特点是与当时社会背景结合起来讲，既注重细节，又着眼大势，强调创新技术的产生、演化，对文明发展的影响，尤其关注关键细节对文明产生的重大推动作用。

《文景》：这是一个巨大的文化工程，科教出版社是怎样想到来做这样一个项目的？

潘　涛：这是一种很有意义的文化建设，不是简单地出几本分科的专业书。作为技术文明发展史，这套书的价值是毋庸置疑的，当然不可能尽善尽美。国内技术史界学者开会讨论，担心我们短时间里肯定做不出来。前些年有些研究生为了搞研究，到处找原版书复印其中部分章节读，这样做学问真是太艰苦了。既然我们自己暂时没有能力写，只有学术引进。干脆把它原原本本认真翻译出来，作为一个基本的科技文化建设。我们虽然苦一点，还是值得的。

《文景》：有没有大公司在资金上资助你们？

潘　涛：没有。我们出版社领导经过论证，决定独立承担整个出版费用。一方面，我们出版社有这个经济实力。另一方面，目前恐怕不能苛求国内企业家的见识达到这个资助学术文化出版的水平。这套书的装帧设计，我们也是下了功夫的，在某些方面，比原版还讲究。比如纸张，我们是特意引进了一种特殊的纸，每卷虽然很厚，但是手感很轻。

《文景》：这套书的翻译、编辑、出版的工作量是很大的吧？

潘　涛：不错，组织翻译工作量非常大。国内动员了上百名学

者来参与，分散在全国六大高校。要形成基本的规范，专业名词要
尽量统一，特定术语要努力贯穿始终。全书近两百章，每章就是一
个学科的发展史片段。能译这一章的学者并不一定能译下一章，因
为译者只是一个领域的专家，下一章就要另外一个相应领域的专家
来译。任何一个译者、编辑，都不可能门门都精通。

　　《文景》：作为出版工作的组织者，你是必须通读全书的。有
没有留下遗憾？

　　潘　涛：是的，作为负责这套书出版项目的编辑，我必须从头
看到底，每个章节都看，看若干遍，用编辑的眼光看，从读者的角
度看。要让我们的产品对得起作者、对得起读者、对得起自己的良
心。由于没有获得牛津方面的正式授权，我们暂时无法翻译出版第
Ⅷ卷索引，可谓缺憾。

　　《文景》：我们注意到你参与策划、主持编辑了一系列第一流
的科学文化方面的书，比如"哲人石丛书"、"普林斯顿科学文库"、
"八面风文丛"、《竺可桢全集》等，这些书选题不错，印刷精美，
学术、文化含量很大，堪称当代中国出版界的精品。作为一个出版
人，你一定有自己独特的出版理念与追求吧？

　　潘　涛：这些工作都是大家一起做的，这套《技术史》，还有
其他的丛书，都是很多人共同努力的结晶。我个人介入深一些，联
络了很多学者、文化人和我们社的编辑团队一起来做，我不过是组
织者中的一员。说到出版理念，我的想法其实很朴素。我们在求学
年代读了许多前辈的优秀图书，至今还念念不忘。今天我们作为出

版人，自然也应该薪火相传，为大学生、中学生，为年轻一代留下有知识含量、有学术底蕴的文化精品。上海的出版是有优秀传统的，曾经是张元济、王云五这样的杰出出版人活跃的舞台，作为后辈，我们没有理由不做先进文化，我觉得应该有这样一种使命感。无论如何，总要有些有理想的出版人在坚守阵地，不能从文化阵地上轻易退却。文化精英，科学精英，该做的事还是要去做。

《文景》：你们出版的书在学术圈内口碑很好，公认你们的眼光是独到的，引进的大多是国际一流的科技文化方面的著作。你们是怎样策划选题的？

潘　涛：边做边学吧。我自己定期阅读国外科技文化杂志。我们与国内外学者保持密切的联系，经常参加各种学术会议。前不久第二十二届国际科技史大会在北京召开。我在会上见到了七位我们引进书的原作者，他们大多是本领域数一数二的学者。比如我们出的那本《早期希腊科学——从泰勒斯到亚里士多德》的作者劳埃德，他是研究古希腊科学的权威。他的下一本书是古希腊科学与中国古代科学的比较，中译本他还是愿意由我们出版社来出。所以，学者常常向我们推荐书。当然，作为出版人，我们自己的学术鉴别力是很重要的。在兼顾经济效益的情况下我们希望出文化精品，这个立场不可动摇。尽管短期内也许读者有限，但只要我们把事情做好，推广到位，就会有凝聚力、向心力，做到一定时候，细心的读者肯定能够知道我们在做什么事。在有些人眼里，我们的追求也许很傻，人家赚钱还来不及，哪有像我们这样"赔钱赚吆喝"的。有个说法很有意思：十分认真地把这些"傻事"做到底。

《文景》：谢谢你接受我们的访谈。

潘　涛：谢谢《文景》杂志对科技文化的一贯关注，对我们事业的鼎力相助。

原载《文景》2005年第9期，第48—53页。系与《文景》执行主编杨丽华的对谈。

人们，为什么因石头而疯狂？

请别误会，咱们现在不是谈电影《疯狂的石头》。而是先谈一本书，一本关于石头的书，厚厚一大本，将近 600 页，作者是德国科学史家汉斯－魏尔纳·舒特，亏他老先生笔力甚健。上海书展和北京国际图书博览会又将临，咱们做编辑的、策划的，自然不会放过这荐书的大好时机。

为什么是石头，而不是别的？作者也有此一问。诸位可别小看了石头。按照舒特（研究金丹术的世界权威学者）的考证，石头既是天，又是地，绝非普通东西。引得众多作者花毕生精力研究的石头，俗名叫"点金石"，雅名"哲人石"（Philosopher's Stone）。古今中外，那么多人为它而疯狂，自然绝不仅仅为的是炼制那具点石成金之功、收长命百岁之效的"点金石"——万应灵丹。关于炼制"哲人石"的文献，《历史上的书籍与科学》有专门章节叙述，此不赘。

大科学家牛顿的晚年为什么沉迷于炼金术，其中必有道理，此处也不赘。说白了，所谓炼金术，或曰金丹术，岂止包含着"科学"的种子，岂止是"艺术"，它还是文化。难怪，这本书的副标题叫"炼金术文化史"。歌德笔下的浮士德，乃是炼金术士。"自然喜欢自然，自然战胜自然，自然统治自然。"作为终极产品的哲人石，据说代表着"一即万物，万物即一"。哲人石到底有何神奇魔力，其背后隐藏的精神底蕴究竟是什么，莫非这与"哲人石丛书"的旨趣也有关系，舒特的《寻求哲人石：炼金术文化史》（上海科技教育出版社，2006 年 10 月）（以下简称《寻求哲人石》）也许仅含一小部分谜底。

《历史上的书籍与科学》中文版书影　　　　《寻求哲人石：炼金术文化
史》中文版书影

再谈另一本书，名叫《哲人石——探寻金丹术的秘密》（上海科技教育出版社，2007 年 6 月）。此书愈加可读，一翻开就有 33 幅插图，第 1 幅是"魏伯阳与他的炼丹炉和犬"，第 2 幅"中国女炼丹术士正在制取长生不老药"和第 3 幅"手执灵芝的玉女"，皆出自李约瑟的《中国科学技术史》；书末还罗列了炼金术的"常用符号"，煞是有趣。开篇第 1 章，即"龙虎：中国"，足足 75 页。作者马歇尔（一位思想史博士），是一位巡游列国之士，其书虽然主题相近，写法却显然不同于《寻求哲人石》。比如，从中国长沙马王堆的古尸写起。

人们，单说其中著名的中国科学史家，如英国的李约瑟、美国的席文、澳大利亚的何丙郁、日本的宫下三郎，都为中国古代的炼丹术而着迷，为什么？

曹天钦 1944 年曾经担任李约瑟的助手，他 1986 年在《从〈抱朴子〉到马王堆》一文中回忆道："李约瑟同我见面相识，谈的第一件事是中国古代的丹。"李拿着葛洪的《抱朴子》，跟曹谈"外丹黄白术"。李 1945 年深入终南山，谈《道德经》，讨论魏伯阳的《周易参同契》。曹在剑桥留学时，专门抽空帮助李浏览《道藏》里的炼丹书。席文 1981 年在"炼丹术发明之发现——评《中国科学技术史》第 5 卷第 3 分册"中指出："如果不意识到研究中国炼丹术的特殊困难，我们几乎无法评估李约瑟成就之巨大。"

哲人石，从一个理念，到章节名，到专章论述，到专著阐释，尽在"哲人石丛书"之中。而其意旨，法眼道心的读者自然能够意会。

原载《中华读书报》2007 年 8 月 15 日第 11 版《上海书展·书事》。

"搞笑诺贝尔奖"和《泡沫》的前世今生

一场"科学狂欢"

"菠萝科学奖是一个严肃认真的科学奖项，我们以'向好奇心致敬'的名义，广泛征集、褒奖和传播有想象力的科学研究成果与实践，找到那些并无野心改变世界，但也不会被世界摧毁好奇心的人，和更多的人一起分享科学。每年四月的第二个周末，我们会揭晓本年度的奖项，并对获奖者致以最崇高的敬意。"

2014年4月12日晚，由浙江省科技馆和果壳网合力打造的第三届"菠萝科学奖"在杭州揭晓获奖名单。本人再一次躬逢其盛，见证另类科研的另类解读。

2012年4月7日，咱们中国人创设的第一届"菠萝科学奖"正式在杭州诞生。它的发起人，是大名鼎鼎的科学松鼠会、果壳网"总舵主"姬十三。它能够落地杭州，乃是"姬总"跟浙江省科技馆馆长李瑞宏一拍即合的结果。松散的民间组织与正规的官方机构携手？有点匪夷所思。

当天晚上的"科学狂欢夜"，我应邀见证了颁奖时刻，还终于见到了2005年真正的诺贝尔奖得主巴里·马歇尔，并用手机同他合影留念。我告诉马歇尔教授,《病因何在——科学家如何解释疾病》,"哲人石丛书"之一,里面主要叙述他后来得到诺贝尔奖的故事。自然,颁奖晚会的场景当即被传上微博。议论一下,必须的。"很正经的哦""可好玩了"……菠萝科学奖为什么要如是宣称?有这样"搞"科普,乃至科学传播的?在当代中国,放在 10 年前,简直难以想象。

　　科学,是社会公器;科普,科学传播,是很严肃、认真的事体,怎么可以胡乱开玩笑?如此胡搞科学,简直大逆不道?"北京时间 9 月 21 日晚,第 22 届搞笑诺贝尔奖在美国哈佛大学桑德斯剧院如期上演。"9 月 24 日,第二届"菠萝科学奖"(2013)的"巡回路演",已然在浙江大学启动。如今,这已然是《人民日报》(海外版)、新华社、CCTV 等官方的主渠道媒体竞相及时报道的内容。菠萝奖的评选、颁奖,并未引起轩然大波。可见,时代是在进步的,读者、公众是有鉴别力、幽默感的。

　　"路演"的策划人王丫米告诉我,受我当年引进的《泡沫——"搞笑诺贝尔奖"面面观》(以下简称《泡沫》)和"搞笑诺贝尔奖"的启发,松鼠会决定创建有中国特色的"菠萝科学奖"。庄小哥,科学松鼠会的文艺女校对,"果壳阅读工作室"掌门,微博私信我,还有出色的文字编辑罗岚,发邮件告诉我,松鼠会已然买下《泡沫》再版的版权,重新校订译文,改名《别客气,请随意使用科学》,连同《笑什么笑,我们搞的是科学》《靠近点,科学是最性感的世界观》,冠以"搞笑诺贝尔奖那些事"丛书,即将由浙江大学出版社推出。好玩、有趣、谐趣、性感,难道不是科学探索的本质?看来,中国搞笑科学事业,正呈现蓬勃发展之势,大有"星星之火，可以燎原"之状，有识之士不可不察啊！

《泡沫——"搞笑诺贝尔奖"
面面观》书影（上海科技教
育出版社 2001 年版）

《别客气，请随意使用科学》
书影（浙江大学出版社 2013
年版）

　　正好借此机会，我把过去始终没能有机会讲的故事讲一把。从中，读者也许应该能够管中窥豹，见识一下"另类科普"的观念演变乃至搞法的历史。

　　于是，翻出保存近 20 年的剪报。结合我于 2001 年引进出版的《泡沫——"搞笑诺贝尔奖"面面观》，夹叙夹议吧。剪报虽已发黄，字迹仍然清楚可见。

最初的"邂逅"

　　遥想 20 年前的 1993 年，我还在江西医学院物理教研室任教，偶然注意到《读者》第 9 期摘登了一篇短文，题为：美国的"可

耻诺贝尔奖"（篇末注明：周晨摘自《中国青年报》1993 年 3 月 6
日）。这还了得，诺贝尔奖还有"可耻"的，即刻引起我的关注。

　　该文开篇即言："诺贝尔奖声名赫赫，能获得它是一种殊荣。
但美国去年却出现了一种'可耻诺贝尔奖'，与之相映成趣，1992
年 10 月，由美国麻省理工学院博物馆和《不可再现成果杂志》（一
种嘲讽研究论文的幽默杂志）联合举办了第一届'可耻诺贝尔奖'
评选颁奖仪式，授'奖'的原则是：获奖者的'创造发明'都无法
再现，而他们却靠这些不能再现的'成就'窃取荣誉。"

　　按：该文的理解和表述，显然不尽确切，如今回视，可商榷之
处甚多。其实，后来看到《泡沫》书，方知文中的 1992 年，实为
"1991 年"之误，那可是第一届搞笑奖。把"诺贝尔奖"冠以"可
耻"，确实够抓人眼球且相映成趣的。该文的结尾："当然，你可以
想象，没有一位获奖者会欣然接受这项'特殊荣誉'。"此言差矣，
假如作者知悉此奖并非像他"想象"的那么"可耻"，就不会凭想
象下此断言了。

　　"摘取可耻诺贝尔文学奖'桂冠'的则是大名鼎鼎的埃里
奇·冯·丹尼肯，他在《众神之车？》（此书已有中译本）等书中，
言之凿凿地为读者描述了一幅外星宇航员史前曾多次造访地球的科
学神话，列举了世界各地大量'耸人听闻'的'事实'，曾一时引
起轰动，而实际上大多毫无根据。"如此这般，这位获奖者的"事
迹"，倒是让我基本明白了，似乎设奖者、颁奖者有更深的用意
（见《泡沫》第 81 页）。

　　第二届搞笑奖的线索，从 1993 年第 5 期《科学美国人》中文
版（译自 *Scientific American*，Vol. 268，No. 1，Jan.，1993）第 65

页找到，题为《最差诺贝尔奖》。瞧瞧，"最差"是第二种译法。英文原文题为"Booby Prizes"，可惜，中译文没有全文照译，删去了开篇、结尾两段精彩的话。原文还有一幅插图 Weird Science prevails at the Ig Nobels，中译文也未用。每年 10 月举行的"最差诺贝尔奖"颁奖仪式，已经成了科学界讽刺低水平的和粗俗的科学研究的一种新的传统活动。

按：原文 in bad taste and indifferent science，恐怕不是"低水平"和"粗俗"二词能够简单概括的吧。"今年举行的是第二届授奖仪式，由马克·亚伯拉罕斯（Marc Abrahams）主持。"这位主持，就是《泡沫》的主编。最差诺贝尔文学奖，授予了莫斯科有机化合物研究所的 Yuri Struchkov，这位"多产"的研究人员在 1981 年到 1990 年期间发表了 948 篇科学论文——平均每 3.9 天发表一篇。简直难以置信，高产的科研人员的论文，也可以获得文学奖，评奖者可谓别具慧眼（见《泡沫》第 78 页）。

紧接着，又非偶然注意到，同年 10 月 17 日的《参考消息》，刊登《你方唱罢我登场　天涯何处不设奖》一文，开篇即言："［合众国际社坎布里奇 10 月 8 日电］麻省理工学院的科学家们，利用世人垂涎的诺贝尔奖英文字的谐音，搞了个'伊格诺贝尔奖'，英文原意是'丢人现眼奖'。"应该不得不承认，《参考消息》的译者着实了得，翻译文字非常传神，"搞"字极具中国文化特质，"丢人现眼"可谓既吸引眼球，又引人好奇。"伊格"乃是音译，我后来给《青年周末》的介绍文章转译为"贻格"，取"贻笑大方"和"格格笑"双重含义。"他们今天把'丢人现眼和平奖'授予菲律宾百事可乐公司。因为该公司发起一次百万元大奖赛，但宣布中奖号码

时搞错了，结果导致 80 万人中奖，'在该国历史上第一次使许多交
战的派别走到一起来了'。"简直匪夷所思（见《泡沫》第 75 页）。

大牌科学刊物也关注

　　1993 年第三届"丢人现眼奖"的"文学奖"：奖给 E. 托波尔
和另外 972 名著作者，他们联合发表一项医学研究文件，著作者的
人数竟为文件页数的十倍。好玩。其实，"文件"应该译为"论文"。
"十倍"，可是在《泡沫》第 74 页，为 100 倍，莫非翻译时缩水为
十分之一？医学奖：奖给詹姆斯·诺兰等三人，他们煞费苦心地搞
出一份题为《拉链夹住阴茎后的紧急处理》的研究报告（见《泡沫》
第 74 页）。"诺兰"大名前，还有一个定语"仁慈的男医生"。该文
最后指出："丢人现眼奖是由麻省理工学院《不能重复的结果》杂
志发起主办的，该奖授予那些'其成就不能或不应该重复的'人。"
此结语，基本到位。不过，获奖作品似乎不能简单归为"丢人现
眼"。他们可是十分认真地搞科学研究。后来，此文先后被《海内
与海外》1994 年第 3 期、《读者》1994 年第 8 期转载。

　　最令人惊奇的是，我根据颁奖时间，竟然在大名鼎鼎的头号
科学刊物《自然》周刊（Nature）1993 年 10 月 14 日第 365 卷第
599 页的《新闻》栏目里，找到了相关报道，题为 "Ig Nobel prizes
reward fruits of unique labour"，作者 Steve Nadis。其中，颁奖晚
会的主持人，除了《泡沫》的主编马克·亚伯拉罕斯，还有 1979
年诺贝尔物理学奖得主格拉肖、1976 年诺贝尔化学奖得主利普斯
科。只可惜，这些报道在《泡沫》一书里没有出现，但配发了一幅

示威者抗议的照片。自然，在 1993 年 10 月 22 日的《科学》杂志（*Science*）第 509 页 Ivan Amato 主编的"Random Samples"栏目里，也找到了一篇报道，题为"Ig Nobels：Not the Real McCoys"。作者把第三届 Ig Nobels 称为 a satiric version of the traditional awards，"传统诺贝尔奖的讽刺版"。世界科学界最看重的两份顶级科学期刊，每年都愿意辟出宝贵的版面，刊登获奖消息和评论，这是怎么回事？假如这个"跟风者""冒牌货"真的那么荒诞不经，《自然》会糊涂到把它们当作"科学"事件？

《科学美国人》英文版 1994 年 12 月号第 17—18 页，作者 Steve Mirsky 以"The Annual Ig Nobel Prizes"为题进行了报道，副题是"This year's winners are，well，just as pathetic as last year's"。在中文版第 63 页，副题译为"本年度的获奖者和去年的一样的悲惨"。李光耀，新加坡前总理，最差诺贝尔生理学奖得主。因为他对反面加强作用（effects of negative reinforcement）进行了 30 年研究，也就是说，"每当新加坡市民随地吐痰，嚼口香糖或是喂鸽子时"他们就会受到惩罚。这里，译者误把"心理学"看成了"生理学"（见《泡沫》第 70 页）。本年度的文学奖，被译成"智力学"，这实在有点搞笑，它颁给了曾经风靡一时的《戴尼提》（见《泡沫》第 69 页）。

不过，《怀疑的探索者》（*Skeptical Inquirer*）1995 年 1、2 月号第 7—8 页的报道（作者为科学作家 Eugene Emery，Jr.），以"Ig Nobel Awards Go to the Most Deserving"为题，重点介绍了哈伯德所获得的文学奖，且指出获奖者未能出席颁奖仪式的原因有二：哈伯德死了，这毕竟是 Ig Nobels。结束语则是，JIR 的编者发现，JIR 没有什么幽默感，所以不辞而别，另外创办了 AIR（定性为"a journal of offbeat pseudoscientific studies"）。JIR 是《不可再现成果杂志》的简称，AIR 是《不可思议研究年刊》的简称。JIR 如何孕育 AIR，见《泡沫》第 11—13 页。

"引进"中国的历程

1995 年年初，我终于与《泡沫》主编马克先生取得了联系，他给我寄来一些宣传品。其中，有 1994 年搞笑诺贝尔奖各位得主的"获奖成果"。马克先生给我的信，还不忘附上两篇报道的复印件：1994 年 6 月 9 日《自然》周刊的报道"'Irreproducible' team clones a rival"；同年 6 月 24 日《科学》杂志的报道"Mutiny on the Joke Journal"。JIR 是最老的讽刺科学杂志，马克如何自立门户，创办 AIR？ AIR 的定位是：The journal of record for inflated research and personalities。宣传品的背面，是《泡沫》的征订单，以及 1994 年 12 月号的要目。

《泡沫》英文版书影

　　我发现，马克先生的幽默感，还体现在双关语、俏皮话等文字游戏中。这一定是继承了美国魔术师、科普作家、幽默大师马丁·加德纳（Martin Gardner）的衣钵。因为，在《泡沫》一书"特别致谢"的结尾，已经交代其"把我引向不可再现性（irreproducibility）和不可思议性（improbability）道路"。马克的信、祝词也是别出心裁 [sincerely and improbably（but not irreproducibly）]。是啊，假如搞科学的、传销科学的，都那么无趣、乏味、沉闷、严肃、紧张，科学怎么会让人欢喜、让人爱呢？

　　第五届，《科学美国人》1995 年 12 月号英文版第 13—16 页，Steve Mirsky 以 "You May Already Be a Wiener：The Ig Nobel Prizes surprise again" 为题进行了报道。中译文标题"最差诺贝尔奖再度使人感到意外"，只是译出了原文的副标题。刘义思译，郭凯声校。颁奖仪式于 10 月 6 日在哈佛大学举行，5 位真正的诺贝尔奖得主躬逢其盛。不过，中文版第 66 页，在《其他 Ig 得主是……》的专栏里，省略了因拳打脚踢的议会功夫而获本年度"和平奖"的台湾得主（见《泡沫》第 64 页）。不过，这回，中文版虽然没有把画家莫奈（Monet）跟马奈（Manet）都译出，却照刊了英文原文的照片，则是一个进步。

　　第六届，《科学美国人》1996 年 12 月号英文版第 22 页，以 "The Victors Go Despoiled" 为题的报道，开篇是 "Fool me once, shame on you；fool me twice, shame on me"。获奖者们，被简称为 Igs。《科学新闻》（Science News）周刊 1996 年 12 月 7 日第 354 页，则刊登了《不可思议研究年刊》的征订广告。其广告语除了 The journal of record for inflated research and personalities，还有 Genuine and concocted research from the world's most and least distinguished scientists and science writers。当然，还有《泡沫》的网址和联系方式。其时，我虽然在北京大学读博，仍还一如既往地关注搞笑奖的进展。

1998 年 7 月，我加盟上海科技教育出版社，开始张罗"哲人石丛书"。整套书，大体上是硬科学，不便搞笑，否则会不和谐，尽管一不留神塞进了一本《我思故我笑？——哲学的幽默一面》。于是，借用"风清扬"名义，另搞一套"八面风文丛"，其中，不乏另辟蹊径、搞点另类科普的尝试。

1999 年 12 月 20 日，《科学时报》发表北京大学哲学系刘华杰的文章《学术冒泡与伊格诺贝尔奖》。其时，我一直为 AIR 的译法苦恼，百思不得佳译。有一天，忽然顿悟，索性就叫《泡沫》。伊格诺贝尔奖，广大的中国读者自然不容易搞懂，干脆把它命名为搞笑诺贝尔奖，岂不相对容易穿帮。

终于，《泡沫——"搞笑诺贝尔奖"面面观》于 2001 年 11 月出版，我的两个顿悟"啊哈效应"的成果，都体现在书名里，其实，英文版的原意只是《AIR 精粹》。译事，约请徐俊培先生担纲，他曾经是《技术的报复》的译者。

"知音"难觅

《泡沫》问世了，似乎应者寥寥，知音难觅。2002 年 3 月 7 日，《中国图书商报》发表了江晓原的书评《泡沫也是物质》。他认为，关于《泡沫》杂志和"搞笑诺贝尔奖"，由于此前在国内的媒体上几乎从无介绍，目前《泡沫》这本书成为国内公众了解这方面情况的主要来源（所以说它"填补空白"）。结语是：

> 这些在我们这里显然不会被容忍（至少现在还是如此）的活动，在美国却进行了多年，而且似乎成了一点小小气候，原因在哪里呢？我想主要在文化的差别上。毫无疑问，这些搞笑活动绝大部分是完全"无用"的，按照我们现今的主流标准，这些活动既没有"经济效益"，也没有"社会效益"，充其量，也就是有可能使公众觉得科学不一定那么神圣遥远，高不可攀，或许因此容易和科学亲近一点？
>
> 如果我们试图从积极的方面来考虑这些活动，最主要的一点，应该可以从中看到，西方文化中源远流长的对"无用"之物的欣赏传统，在《泡沫》杂志和"搞笑诺贝尔奖"活动中再次得到了体现。哪怕当下毫无用处，哪怕属于搞笑胡闹，只要是人类的智力活动，就能由衷表示欣赏，还能从中看出幽默，这对于中国人来说至今仍是很难做到的。要说《泡沫》一书的引进有何积极意义，我看首先可以从这个角度去考虑。

2004 年 9 月 16 日《文汇报》发表刘华杰的书评《搞笑版"诺贝尔奖"》。他开篇指出：

> 在诺贝尔奖问世百年前后，出版这本闻名遐迩的科学幽默杂志、美国《不可思议研究年刊》（英文缩写为 AIR，中文可译作"冒泡"）的精选本《泡沫》，让人看到科学的另一副令

人惊奇的样子，它幽默的一面，还听到这样的天方夜谭：自
1991 年开始由该杂志颁布"搞笑诺贝尔奖"，该奖每年由诺贝
尔奖得主亲自颁发，向那些取得"不可或不应再现"的研究成
果的人颁奖，每年这个时候，各种各样的科学家汇聚一堂，妙
语横生，从一种别出心裁的角度打量自己的科学研究。在这
里，似乎真的如他们所说，我们听到了"一种不同凡响"的
笑声。

身在北京大学科学传播中心，他自然免不了三句话回归本行：

　　科学传播要传播什么？要传播作为文化的科学，既要关注
轰轰烈烈的科学革命，也要关注科学的日常行为；既要向公众
传达科学及科学家圣洁与理性的一面，也要时常提起其中一些
并非圣洁也并非理性的诸多事件。科学的真实形象一定由某种
张力状态构成，如果担心嘲讽或者仅仅是幽默就能摧毁自誉为
"理性"与"强力"的代表——科学——的话，这种自誉一定
是有水分的。"搞笑诺贝尔奖"每年受到科学家兴致勃勃的关
注，也是由于该奖并不是致力于对科学的嘲讽，不是要突出坏
科学而是颂扬科学，表明科学家确实享受到工作的乐趣，表明
科学确实是生气勃勃、富于人情味和惊人离奇的事业——而非
提炼什么古怪想法的可怕之事。

2006 年 10 月 22 日，《科技日报》发表尹传红的"科学随想"
专栏文章。他觉得：

亚伯拉军斯还有一种观点，他说他要表彰那种伟大的困惑不解。因为大多数人一生中都有所成就，或者至少做成过某种事情，然而，他们却从未被授予过任何可让人感到春风得意的奖项。"这就是我们为什么要颁发'搞笑诺贝尔奖'的缘故。"

他认为，如果你赢得这样一个奖项，那么这将向你及所有的人表明，你已经做成了某件事情。那件事情是什么，可能比较难以解释，甚至可能完全无法解释。你的成就是否能够造福公众，解释起来可能比较困难，甚至比较痛苦。但事实却是，你做成了这事，并且你也为此而得到认可。至于其他人爱怎么解释这种认可，就让他们解释好了。

这么看来，"搞笑诺贝尔奖"还能起到一种抚慰作用呢！我想，人从天性上讲，还是需要某种成就感的，不管他做的是什么工作。

纸质媒体，对搞笑诺贝尔奖的关注，比较有深度的讨论，仅此而已。那么，新兴的网络媒体，又如何呢？

2005年3月，刘兵、刘华杰、黄集伟做客新浪网，就谈及搞笑诺贝尔奖和《泡沫》。2008年1月，"何许人"在心门网发帖子谈及：

亚伯拉军斯一帮人创办的搞笑诺贝尔奖影响为什么这么大？一个重要的原因就在于他们拥有自己的一个宣传阵地，即《泡沫》（AIR）。《泡沫》的全名是《不可思议研究年刊》

（*Annals of Improbable Research*），这是一本记录"华而不实的研究和人物"的刊物。它的影响力非常之大，以至于《自然》《科学》《纽约时报》《时代》以及 BBC、ABC、CNN 等诸多媒体都对其特别照顾。《联线》杂志说："《泡沫》是西方文明一个最杰出的贡献。"

直至 2011 年，《泡沫》中文版出版 10 年后，本人愚钝至此才第三次顿悟：姬十三博士，不啻是搞笑诺贝尔奖在中国最大的知音。他带领下的科学松鼠会、果壳网十分活跃，在网络世界里，关于搞笑诺贝尔奖，已经铺天盖地。

2012 年，菠萝科学奖横空出世；在果壳网的主持下，《泡沫》重新校订出版，改名《别客气，请随意使用科学》。

原载《科普研究》2014 年第 3 期，
第 85—90 页。

《医学仪器设备百科全书》评介

　　仪器学科或机械学科最为尊贵，并且凌驾于其他学科之上，它最为实用，依靠它，才能观察到一切运动生物完成其活动。

　　　　——达·芬奇（约 1500 年），转引自《医学物理学》[1]

　　1994 年，乃是克利夫兰资深生物物理学家 Otto Glasser 主编的巨著《医学物理学》第 1 卷 [1] 问世 50 周年。这部分别于 1994 年、1950 年和 1960 年由年鉴出版社出版的近 3700 页的 3 卷本大型工具书（应当提到，刘普和等先生主编的《医学物理学》[2]，虽然篇幅仅为其 1/3，但涵盖的学科范围和内容深度足可与之相媲美），曾使医学物理学前辈们受益良多。那么，对当代医学物理工作者和生物医学工程学工作者来说，有助于开阔视野，拓宽思路，深化认识，从宏观上整体把握当今医学物理学和生物医学工程学发展态势的工具书，又有哪些呢？美国 Wiley-Interscience 出版公司 1988 年推出的 4 卷本《医学仪器设备百科全书》[3]（以下简称《医仪百科》），正是这样一部极有参考价值的大型工具书。

　　《医仪百科》出版伊始，顿获众口一词好评 [4-8]。主编 John G.Webster 教授，是国际生物医学工程学界知名学者，我国医学物理学界和生物医学工程学界早就译介过他的著作 [9-11]。他在从事电阻抗断层术（这个新兴领域的第一部专著 [12]，亦是他主编的，将另文介绍）、触觉传感器、电极和生物电势放大器等方面的研究工作，承担医学仪器学科的大量教学工作之余，组织 400 多位专家通力合作，共撰写 255 个条目（每一条目都是围绕某一专题或某一分支学科的长篇综述文章），在短短几年里编出这么一部洋洋 3 022 页颇有分量（内容、手感和定价都有分量）的大型工具书，实在劳苦功高。

显然，全面评介《医仪百科》，不是少数人能胜任的。本文仅从若干方面，结合我国医学物理学工作者和生物医学工程学工作者可能关心的问题，略加评介，以期引起同行的兴趣。

一、权威性高。John G.Webster 领导一个精干的编委会：Jerry M. Calkins 协助确定与化学有关的论题（如麻醉学），Michael R. Neumann 提出与传感器有关的论题（如他本人擅长的工作——新生儿学），Joon B. Park 提出与生物材料有关的论题（他在这方面著述甚丰），Edward S. Sternick（美国医学物理学工作者联合会主席）负责甄选放射物理学和医学物理学领域中的论题和作者。基本上每一位条目撰写人都是该条目所属领域的行家。例一，著名生物医学工程学家 Wilson Greatbatch 对心脏起搏领域有重要贡献，他负责撰写相关条目。例二，威斯康星－麦迪逊大学电子与计算机工程教授 Willis J. Tompkins（美国 IEEE 医学与生物工程学会前任主席，基于微机的医学仪器设计和在线生物医学计算领域权威学者[11]）负责撰写"非卧床监测"条目。

二、宗旨精当。编者声明，全书旨在回答"医学的分支有哪些，技术如何在各个分支中起作用"，而不是"技术的分支有哪些，各项技术如何在医学中得到运用"。编者"通过汇集工程学、物理学和计算机应用于医学问题所涉及的所有领域的核心知识，来确定条目"。条目布局合理，层次分明。例三，直接与计算机有关的条目有：麻醉术中的计算机、临床化学中的计算机应用、生物医学实验室中的计算机、心电描记术中的计算机、医学教育中的计算机、医学记录中的计算机、核医学中的计算机、妇产科学中的计算机、精神病学中的计算机、计算机辅助辐射剂量设定等等。

三、学科覆盖面广。编者自称囊括以下诸多领域内容：医学物理学、物理治疗学、放射学、传感器、医学中的计算机、生物材料学、临床工程学、通讯紊乱、麻醉学、发光、危重监护医学、心脏病学、血液病学、皮肤病学、胃肠病学、肝病学、肾病学、神经病学、精神病学、老年病学、内分泌病学、末梢血管病学、耳鼻喉科学、牙科学、眼科学、妇产科学、肿瘤学、内科学、外科学、整形外科学、康复学、微生物学、药理学、遗传学、疼痛等等。例四，涉及医学测量技术的条目有：厌食测压术、测听术、投影心搏描记术、生物遥测术、计算机断层成像术（CT）、单光子发射计算机断层成像术（SPECT）、数字脉搏描记术、超声心动描记术和超声多普勒心动描记术、心电描记术、脑电描记术、肌电描记术、神经电描记术、视网膜电描记术、电子显微术、电子射线照相术、眼球运动测量术、心音描记术、用于康复的矫形术、温度描记术、动脉张力测量术、碎石术等等。例五，涉及器官假体的条目有：人工耳蜗、人工心脏、人工心脏瓣膜、人工泌尿生殖器、人工肾、人工喉、人工血管等等。

四、着力突出医学物理学和生物医学工程学的重要性和特殊地位。例六，相关条目有：医学物理学（史）、医学物理学文献、生物医学工程学教育、生物医学工程学文献、医学工程学会／组织。例七，这两门横断学科共同拥有的分支条目有：生物磁学、血液流变学、生物电极、生物反馈、生物材料学概述、起搏器、电除颤器、胃电图、诱发电位、激光解剖刀、磁共振成像（MRI）、乳房造影法、中子活化分析、生理系统建横、呼吸力学、皮肤生物力学、关节生物力学、高频通气机等等。

五、实用性强。Glasser 主编《医学物理学》时，提出"一书三用"：百科全书、教科书和仪器操作手册。这对《医仪百科》同样适用。而且，条目设计特别注重临床上可能遇到的实际问题。例八，功能电仿真、步态分析、家庭保健装置、医院信息系统、医院安全程序、免疫疗法、医学计算中的法律问题、医学装置中的法律责任、单克隆抗体、药物动理学、性仪器、言谈模式分析、统计方法、临床病人的运送等条目。

六、符号统一，单位规范，索引完备，检索方便。除条目依英文字顺排列以外，还设置了"交互参见"系统和 77 页的"索引"，平均每一条目可从 50 个不同的检索词中查到，《医仪百科》把条目中用到的缩略语和简称单独列出，一概采用国际单位，并附列换算因子。许多读者都感到，通过《医仪百科》查检相关课题十分得心应手。

七、用纸考究，装帧精良，适于长期保存。有人甚至打趣说："如果这部书耐受潮湿环境，分 8 卷精装，那倒是洗浴时的绝妙读物。"[7]

当然，评者对短时间编出《医仪百科》大加赞赏和表示钦佩的同时，也指出了一些"瑕疵"。如：每篇文章（即条目）的篇幅、风格、结构和理解程度不尽一致 [6]；个别作者未及时交稿，遗漏少数论题 [7]；编委会不一律选择知名科学家撰稿，而选择在合理时间内交稿的作者，致使少数撰稿人知名度不够高 [4]。英国读者甚至抱憾，只有 18 位作者来自英国，大多数是美国作者 [5]。

总之，半个世纪以来，随着物理学和技术科学（特别是计算机科学）迅猛发展，医学物理学和生物医学工程学亦取得了长足进展。这个进展有多大？不妨取样略作比较。例九，Glasser 主编的《医学物理学》中有生物电阻抗研究先驱 Jan Nyboer 撰写的条目"电阻抗容积描记术"[13]，全文不足两页，仅 1 幅插图，附 7 篇参考文献，而在《医仪百科》里，相关内容扩展为"阻抗心动描记术"和"阻抗容积描记术"两个条目[14]，篇幅达 22 页，插图有 24 幅，参考文献共 128 篇。

医学物理学和生物医学工程学的惊人进步也正在提出几个挑战："我们能够承受何种水平的医学技术复杂化——对此我们愿意负担吗？与卫生保健有关的我们，在一项新技术为临床广泛采纳之前，该怎样就安全性、医疗用途和成本效益对它进行最佳评估？我们如何跟上医学技术创新？我们怎么能肯定，诊断测试得到的异常数据或治疗程序得到的欠佳结果，是反映患者问题，而不是技术问题呢？"当代中国的广大医学物理学工作者和生物医学工程学工作者应当责无旁贷地应战，在这个进程中，《医仪百科》无疑是一个值得充分运用的有力武器。

致谢

本文经湖南医科大学胡纪湘教授、江西医学院吕景新教授审改，特此致谢！

参考文献

［1］GLASSER，O.(Ed.) Medical Physics[M]. Year Book Publishers. I : viii, 1944.
［2］刘普和，邝华俊，吴幸生 . 医学物理学 [M].1 版 . 北京：人民卫生出版

社，1980.

[3] WEBSTER, J. G.（Ed.）Encyclopaedia of medical devices and instrumentation[M]. New York: Wiley-Interscience, 1988.

[4] CAMERON, J. et al. Med. Phy., 1989, 16(1): 146-147.

[5] HENDEE, W. R. Physics Today, 1989, 42(5): 76-77.

[6] GRANT, L. J. Phy. Med. & Biol., 1989, 34(2): 246.

[7] ROBERTS, C. Med. & Biol. Eng. & Com., 1989, 27(2): N6-N7.

[8] MELDRUM, S. J. Med. Eng. & Tech., 1989, 13(4):224.

[9] 贾可布森，韦勃斯特．医学和临床工程学[M].1 版．北京：人民卫生出版社，1982.

[10] 韦伯斯特．医学仪器——应用和设计[M].1 版.北京：新时代出版社，1982.

[11] 汤普金斯，韦勃斯特．带处理机的医学仪器的设计[M]. 北京：人民卫生出版社，1986.

[12] WEBSTER. J. G.(Ed.) Electrical Impedance Tomography[M]. Bristol: Adam Hilger, 1990.

[13] GLASSER，O.(Ed.) Medical Physics[M]. Year Book Publishers.I: Ⅷ, 1944: 340-341.

[14] WEBSTER, J. G.（Ed.）Encyclopaedia of medical devices and instrumentation[M]. New York: Wiley-Interscience., 1988: 1622-1643.

原载《中国医学物理学杂志》第13 卷第 2、4 期，1996 年 5 月、10 月，第 128 页、264 页。原标题为《一部对医学物理学工作者和生物医学工程学工作者极有参考价值的大型工具书——〈医学仪器设备百科全书〉评介》。

后　记

后记

献芹者言

> 出版物——我在这里特别指图书——是文化和文明的集中表现。一个时代的文化，一个社会的文明，在很大程度上蕴藏在图书里，当然，它——文化和文明——最初表现在图书里，然后传播到这个时代这个社会的一切角落；尔后蕴藏起来——这时叫做文化积累。图书，在任何情况下，都是传播文化和积累文化的最有效的工具。
>
> ——陈原：《总编辑断想》（2001）

1985年，我在华中工学院读大学期间，"走向未来丛书"（四川人民出版社）风靡全国。其中，《大变动时代的建设者——张元济传》对我触动颇深，张元济、商务印书馆从此深深印入脑海。1997年，我在北京大学读博，适逢"商务"百年馆庆活动，在海淀图书城国林风书店遇到"商务"时任总经理杨德炎先生，杨先生温文尔雅地对我说："我们都是过渡人物。"有感于许多纪念文章与"商务"的科学出版、科学传播无涉,于是,应尹传红约稿,我写了一篇《商务印书馆:引进现代科学的桥梁——从〈科学大纲谈起〉》,《科技日报》分两期刊发;后来,宋丽荣老师寄我校样,没想到此文被收入《商务印书馆一百年》,自己北大毕业时甚至差点加盟"商务"。2012 年,我在上海辞书出版社,总算"还愿",请汪家熔先生增订再版《大变动时代的建设者》,从 20 章 15 万字扩充至 29 章 36 万字,易名《张元济》,列入"中国近现代出版家列传"①。2007 年,"商务"110 年馆庆,我又续写《从"科普"到"科文"——商务印书馆 50 年来的科学传播》。2017 年,又逢 120 年馆庆,于殿利总经理邀请我参加纪念大会。

仔细梳理一番,与"商务"的缘分还有:百年馆庆时,就见过老馆长陈原先生;在上海科技教育出版社工作期间,见香港商务印书馆总经理陈万雄先生多次,得赠其著作《五四新文化的源流》;在上海辞书出版社,与王云五先生之子王寿南联系上,拟出版《王云五年谱长编》,惜未做成。不过如愿的是,刘华杰与我合译的《湍鉴》,1998 年在商务印书馆出版。

"商务"的 120 年馆史,与中国近现代科学传播的历史,是紧密相关的。后者,又与中国科学社、中华学艺社乃至《科学》杂志、《学艺》杂志的科学传播活动难分难解。1997 年 6 月,中国第二届科技传播会议暨中国科学社与近代科技传播研讨会在浙江萧山

---

① 张国功,张元济研究的深化与升华:读汪家熔《张元济》,出版科学,2013 年第 1 期,第 108—112 页。

举行，潘友星先生邀请我去参加，在会议期间及之后与樊洪业先生（"走向未来丛书"编委），以及上海科技教育出版社吴智仁社长、翁经义总编辑相谈甚欢、心意相通，启动"哲人石丛书"的策划。于一年后离开北大，加盟上海出版业。从此，开启与樊洪业先生的四度合作：1999 年中国科学院建院 50 年之际出版《中国科学院编年史（1949—1999）》，2002 年出版《科学救国之梦——任鸿隽文存》[①]，2004 年开始陆续出版《竺可桢全集》[②][③]，2014 年编就《中国近代思想家文库·任鸿隽卷》（中国人民大学出版社）。

要是没有翁经义先生作为出版家的远见、魄力和信任，很难想象我会张罗、实施后面的一系列出版工程："哲人石丛书"迄今坚持 20 年，已出版 4 辑逾 100 种；《技术史》7 卷本；《竺可桢全集》24 卷；"普林斯顿科学文库" 10 种；《剑桥世界人类疾病史》；以《系统科学》《复杂系统理论基础》《确定性的终结》《隐秩序》《混沌七鉴》《天遇》《机遇与混沌》《创造性解决问题》《物理－事理－

[①] 江晓原，重寻旧梦意如何——任鸿隽与中国科学，科学时报，2002 年 11 月 15 日；樊洪业，感悟任鸿隽，中华读书报，2002 年 12 月 11 日；刘钝，科学与"平民主义"，中华读书报，2002 年 12 月 25 日；刘兵，传播科学文化的先驱者：读《科学救国之梦——任鸿隽文存》，科学，2002 年第 6 期；周振鹤，到底有人想起了他：读《科学救国之梦——任鸿隽文存》，文汇报，2003 年 2 月 14 日；卞毓麟，科学意识之呼唤与弘扬——重读《科学救国之梦》，兼庆中国科学社百年华诞，科普研究，2014 年第 5 期。

[②] Zuoyue Wang, Book review of *Zhu Kezhen Quanji*《竺可桢全集》(*The Complete Works of Coching Chu*), *East Asian Science, Technology and Society*, vol. 12, no. 2 (June 2018): 201-209.

[③] 殷晓岚，科学文化的历史宝藏——《竺可桢全集》出版侧记，中国出版史研究，2018 年第 4 期。

人理系统方法论》等为代表的复杂性科学、非线性科学读物；科学史、科学哲学、科学社会学、科学知识社会学方面的《早期希腊科学》《世界科学技术通史》《爱因斯坦恩怨史》《科学哲学》《科学的统治》《精神病学史》《真科学》《勾勒姆医生》《斑杂的世界》《复杂性与后现代主义》等。

要是没有巢峰先生、陈昕先生的大力支持，我很难想象能够参与编纂、出版《辞海》（第六版）这一巨大工程。李志江老师总结 30 余年编写《现代汉语词典》的经验，对于辞书编辑的素质，汇集了我感同身受、深有体会的几句俏皮话："好人不愿干，坏人干不了"；"词典头脑，专注，契思，吃苦耐劳，铁屁股"（高永伟）；"几英亩大，一英寸深"（周明鉴）；"十项全能运动员"；"是骡子是马，拉出来遛遛"；"好的科技编辑，属于稀缺动物"（马静）；"三个不懂英语的，还是不懂英语"（吕叔湘）；"三分编写，七分组织"（巢峰）；"雄心太大，后果可怕"（电影《南征北战》）；"倒算账"；"瓶口细"；"拉抽屉"；"水磨工夫"；"别想图省事，早晚得找补上"；"铺摊子是本事，收摊子更是本事"①。

2018 年 7 月，我从事编辑出版工作已整整 20 年。作为编辑匠，有幸接触了众多的作者（专家、学者，非专家、非学者），众多的同行，众多的读者，有忘年交，有新生代。作为科学文化出版人，心力往往都奉献给了作者们的各种作品，专心致志，聚精会神，忘我投入。忘我的结果，自己的学术兴趣虽然勉力维持，可是研究

---

① 李志江，学习前人经验　掌握编写规律——记关于辞书编写的一些经典语言，辞书研究，2011 年第 1、2 期，第 10—21 页、第 13—27 页。

"武功"几近荒废，偶尔被学界朋友戏称为"玩票"的"票友"。

纳入这本小书的文字，从读博期间开始，大多是念书、编书、读书、译书之余的书话书语"副产品"。谈不上系统，随兴趣所至，东一榔头，西一棒子。许多是报刊当时负责版面的编辑朋友（如《中华读书报》呼延华、王洪波，《科技潮》史志洁，《科学中国人》班立勤，《百科知识》蒲晖，《科学》杂志段韬，《科学时报》杨虚杰，《中国科技月报》王菲，《世界科学》毕东海、江世亮，《三思评论》黄明雨）的约稿，限时限字数交稿，只好点到为止，有时不及展开，急就章而已。有的文字发表后，即置之脑后，顾不上继续打理。

图书背后（面前）的作者、编者、读者，都是人，都有许许多多的故事。作为编匠，既然是沟通作者、读者的桥梁，也应当有许许多多的书人书事可讲。这本小书，只是顺带讲述故事，还有太多的书人书事，目前还没有机缘讲出来，比如：彭桓武先生就爱因斯坦《相对论的意义》，张光斗先生就《技术史》中文版，孙任以都（任鸿隽之女）就《科学校国之梦》，何丙郁先生就《中国医史》英文版再版，分别给我复信，回顾往事，提供照片。这次收入的，大多是旧文习作（翻译文字，拟另行结集），基本上保持发表时原貌；为便于读者了解相关图书、人物的进展，顺便补充了少量脚注，以及相关的图片。

杜甫《槐叶冷淘》："献芹则小小，荐藻明区区。"杨振宁、于光远、龚育之、席泽宗、郝柏林、甘子钊、谈家桢、谷超豪、柯俊、欧阳钟灿、任继愈、成思危、邓伟志、韩启德、范敬宜、胡亚东、王殊、何兆武、荆其诚、戈革、王尧、李学勤、杨雄里、李宝恒、李元、郭正谊、林自新、何祚庥、孙小礼、朱照宣、赵凯华、黄永念、秦伯益、范岱年、章道义、何兆武、徐苹芳、周瑞金、戴汝为、于景元、樊洪业、金吾伦、洪定国、邱仁宗、董光璧、康宏逵、欧阳自远、吴锡九、杜祖贻、陈方正、潘人杰、武际可、陈昌曙、姜振寰、刘则渊、齐民友、桂起权、顾基发、车宏安、姜璐、苗东升、申振钰、杨建邺、姚蜀平、刘珺珺、刘钝、卞德培、卞毓麟、陈克艰、胡化凯、胡作玄、李醒民、沈铭贤、周昌忠、文有仁、汤寿根、王直华、汪云九、汪广仁、陈光、严燕来、湛垦华、周振鹤、张开逊、朱亚宗、张碧辉、郭维德、钱宝平、朱政惠、叶孝慎等前辈学者，刘晓力、吴彤、郭雷、张柏春、饶毅、刘孝廷、吴国盛、张大庆、王作跃、江晓原、汪前进、曾国屏、李正风、江向东、冯承天、方锦清、汪寿阳、王则柯、武夷山、胡新和、任定成、王克迪、郝刘祥、袁江洋、陈蓉霞、王前、王扬宗、潜伟、戴吾三、朱菁、钮卫星、田松、郑念、段伟文、李大光、杭侃、雷颐、韩钢、谢泳、李侠、张增一、苏贤贵、钟扬、赵万里、周程、王骏、张藜、祝晓风、龚隽、李真真、胡宗刚等中青年学者，曾彦修、宋木文、刘杲、伍杰、桂晓风、邬书林、陈文江、巢峰、高明光、沈昌文、钱伯城、周谊、杨德炎、李建臣、宋镇铃、徐福生、孙颙、赵斌、祝君波、陈昕、郭志坤、赵昌平、王大路、胡大卫、陈纪宁、雷群明、林之光、郝铭鉴、张天蔚、陈以鸿、黄鸿森、严庆龙、徐庆凯、金文明、宋定西、陈芳烈、汪家熔、周明鉴、王鸣阳、饶忠华、赵璧辉等出版界领导、专家，每每鼓励我挤时间多写点自己感兴趣的东西。遗憾的是，由于自己的疏懒，主要精力都忙于"为他人做嫁衣"，实在没有匀出、挤出太多时间写出可以向他们"交账"的文字。

编书无数，阅稿无数，读人无数，往往眼高手低、心有余而力不足。"文章千古事，得失寸心知。"这回第一次自编自集，读起校样来竟然有点怪异的感觉。

感谢杨虚杰，要不是她提议"全民科学阅读"之类，我还不会真正开始规整已经发表的文字。感谢王志毅，提议把本书纳入启真馆"守书人"文丛。

感谢北京大学哲学系刘华杰教授、清华大学科学史系刘兵教授、北京大学医学部王一方教授，为小书作序。

启真馆10年做了那么多的好书，新生代出版人不可小觑。感谢张兴文、孔维胜认真、细致的编辑。

感谢吴慧，帮我搜出一些不易找到的文档；感谢宋世涛，帮我梳理文章板块、审读校样。感谢陈苏君，专门为这本小书作画、配图。

潘涛

2019 年 7 月 6 日

北京

图书在版编目（CIP）数据

魔仆与泥人 / 潘涛著 . —杭州：浙江大学出版社，
2020. 5
（守书人）
ISBN 978-7-308-20043-1

I.①魔… Ⅱ.①潘… Ⅲ.①散文集—中国—当代
Ⅳ.① I267

中国版本图书馆 CIP 数据核字（2020）第 039171 号

魔仆与泥人

潘　涛　著

责任编辑	王志毅
特约编辑	宋世涛
文字编辑	孔维胜
责任校对	王　军　牟杨茜
装帧设计	罗　洪
出版发行	浙江大学出版社
	（杭州天目山路 148 号　邮政编码 310007）
	（网址：http:// www.zjupress.com）
排　　版	北京大有艺彩图文设计有限公司
印　　刷	北京中科印刷有限公司
开　　本	880mm×1230mm　1/32
印　　张	9.25
字　　数	142 千
版 印 次	2020 年 5 月第 1 版　2020 年 5 月第 1 次印刷
书　　号	ISBN 978-7-308-20043-1
定　　价	56.00 元